Karlheinz Lappler

# Der Trödler

Erzählung

Herstellung und Verlag:
BoD-Books on Demand, Nordertsedt
ISBN: 978-3-7460-0587-4

# 1

Franz Daxenbichler ging jeden Tag mit Langsamkeit und mit Ruhe an. Er sperrte seinen Antik-Laden in der Innenstadt von Partenkirchen zu unregelmäßigen Zeiten auf und zu und wies die Öffnungszeiten durch ein Schild aus, das immer an der Türe hängt und nur jeweils der Situation angepasst umgedreht werden musste: „GESCHLOSSEN - Closed" und „OFFEN - Open".

Was er hasste und ihm völlig zuwider lief, war einer regelmäßigen Arbeit in einer Fabrik oder einer Werkstatt nachzugehen. Dafür nahm er ein geringeres Einkommen billigend in Kauf. Wenn sein Geschäft einmal schlecht lief, kam er auch mit dem aus, was er von den Mieteinnahmen des Hauses und der Rente seiner verwitweten Mutter abzweigen konnte. Es war für ihn auch nicht vorstellbar, den ganzen Tag im Laden zu sitzen und auf Kundschaft zu warten, wenn er nicht Dinge zu restaurieren und herzurichten hatte. Auf Drängen und Vermittlung seiner umtriebigen Mutter hatte er nach seiner Volksschulzeit eine Schreinerlehre begonnen, und, worauf seine Mutter stolz war, auch abgeschlossen. Sie merkte schon, dass ihr Franz kein dauerhafter Mitarbeiter in einem Handwerksbetrieb werden würde und erlaubte ihm ein freieres, ungebundenes Leben zu führen. Da es ihr Lieblingssohn war, sah sie über vieles, vor allem das Finanzielle, großzügig hinweg.

An seinen Vater, ein Spätheimkehrer aus dem Krieg, konnte er sich nur vage erinnern, denn dieser starb, als Franz gerade erst vier Jahre alt war. Seine Mutter mühte sich, ihn und seinen zwei Jahre älteren Bruder durch die Jahre der Kindheit zu bringen. Dazu führte sie den Krämerladen, den sie selbst von ihren Schwiegereltern übernommen hatte, als selbstständige Kauffrau und Hausbesitzerin. Unterstützung erhielt sie von einer

Hausangestellten, die sie engagiert hatte, als die Kinder noch klein waren und der Aufsicht bedurften. Sein Bruder, der in der Tüchtigkeit eher der Mutter nachfolgte, war ein in vielen Bereichen erfolgreicher Händler geworden, der überall, wo er ein Geschäft mit Gewinnversprechen witterte, zur Stelle war. Der ältere Daxenbichler hatte eine tüchtige Floristin geheiratet, aber die Eheleute sahen sich oft nur an den Wochenenden, da jeder seinen Geschäften nachging, ohne mit dem anderen über Kreuz zu kommen. Beide waren mit dieser Situation zufrieden, auch weil das Floristikgeschäft im Haus der Daxenbichlers untergekommen war, und sich so die junge Frau um die Witwe Daxenbichler kümmern konnte.

Franz Daxenbichler durchstreifte an den Wochenenden regelmäßig die Flohmärkte Land auf Land ab, indem er seinen in die Jahre gekommenen VW Variant mal mit, mal ohne Anhänger zum Transport für mögliche Einkäufe einsetzte.
Als Verkäufer auf Flohmärkten war Daxenbichler selbst nur unregelmäßig zu finden. Hier hatte er hauptsächlich nur Waren bis zu 200 Mark in seinem Angebot. Die Kundschaft war hier bei höheren Preisen entweder zu vorsichtig oder zu knausrig. Viele kamen nur, um zu schauen und weniger um zu kaufen. Oft wollten sie die Preise bis ins Bodenlose herunterhandeln und Daxenbichler merkte aufgrund seiner mehrjährigen Erfahrung, wenn keine echte Kaufabsicht seitens des Besuchers bestand. Daher verringerte sich sein Interesse immer mehr, selbst als entgegenkommender Verkäufer aufzutreten.
Antikmärkte, die es in größeren Zeitabständen an verschiedenen Veranstaltungsorten gab, an denen auch eine stattliche Zahl von Interessierten herbeiströmten, besuchte Daxenbichler auch, allerdings nur als Be-

obachter des Marktes, als einer der die Angebote und vor allem die Preise im Auge hat.

In seinem Laden, der sich in einer Seitengasse von Partenkirchen im Haus seiner Mutter befand, teilte er im Erdgeschoß die andere Hälfte mit seiner Schwägerin Rosa, die ihren Blumenladen betrieb. Seine Mutter wohnte im ersten Obergeschoß, wo er selbst nur ein Zimmer beanspruchte. Mehr brauchte er nicht. Die Wohnung neben an und die im zweiten Stock waren vermietet. Den Krämerladen, den seine Mutter so lange bewirtschaftete, bis sie ein Alter erreicht hatte, das sie ans Aufhören denken ließ, konnte sie ihrem Sohn Franz überlassen, der dort nun seinen Antik-Laden einrichtete. Ein kleiner Supermarkt, der in der Nähe eröffnet hatte, zog zusätzlich Kunden und Umsätze ab, so dass die alte Krämerin die Lokalität wohl oder übel abgeben konnte. Daxenbichler war froh, sich mit seinem Gewerbe in seinem Wohnhaus niederlassen zu können. Wirtschaftlich versorgt wurde er von seiner Mutter, die für ihn kochte, die Wäsche machte und in seinem Zimmer für Ordnung sorgte. Mit der Umgestaltung des Ladens vom Krämerladen zur Antik-Boutique richtete er sich nach seinen Bedürfnissen und Vorstellungen dort ein. Mit Bedacht hatte er die Auslage im einzigen Schaufenster angeordnet. Links die Uhren und rechts von der Mitte Gläser und Besteckteile, dahinter wenige Teller. Ins Zentrum stellte er immer eine Figur aus Porzellan oder eine Schnitzfigur, die er in einem unregelmäßigen Rhythmus auswechselte. Alles sollte keinen übertriebenen Eindruck machen und keinesfalls wie ein übervoller Trödlerladen aussehen. Er wünschte sich gehobenes Publikum, besonders Touristen und ausländische Besucher der Stadt wollte er ansprechen. So war es nicht verwunderlich, dass einige Besucher der Alpenregion, die in der Stadt eine kurze Pause machten und durch die Altstadt schlenderten,

dem Hinweisschild, das er am Eingang der Gasse angebracht hatte: „Antiquitäten – Antique Store" folgten. Es
waren nicht viele, aber auf diese Weise hatte er schon
manches lohnende Geschäft beiläufig gemacht. Höhere
Einnahmen konnte er nur wenige Male erzielen. Dazu
kamen die Kunden nicht nur einmal und für nur wenige
Minuten in den Laden. Sie kamen an den folgenden Tagen nochmals. Vermutlich hielten sie sich länger in der
Stadt in einer Ferienpension oder in einem der großen
Hotels auf. Bei ihnen merkte Daxenbichler sofort ein
deutliches Kaufinteresse und er investierte viel mehr Zeit
in die Beratung als bei einer gewöhnlichen Laufkund-
schaft. Da ließ er sich schon auf ein längeres Verhan-
deln ein.

Für das Gewerbe von Franz Daxenbichler war die Zeit
gerade jetzt sehr günstig. Die Menschen auf dem Land
wollten sich neu einrichten und Möbel sowie Gebrauchs-
gegenstände, die oft aus der Vorkriegszeit stammten,
gegen Neues austauschen. Die modischen Dinge hatten
auch die ländliche Bevölkerung erfasst. Viele Dinge wurden nicht mehr benötigt und nicht mehr geschätzt, und
die Angebote in Möbelhäusern und Versandhauskatalo-
gen waren verführerisch. Andererseits waren die Stadt-
menschen darauf erpicht, sich mit bäuerlichen Möbeln,
einer Modewelle entsprechend, ergänzend einzurichten.
So kauften sie Möbel für Flure und Wohnzimmer, und
wer einen Schrebergarten hatte, stattete das Garten-
häuschen mit bäuerlichem Gerät aus, das in der Land-
wirtschaft keine Verwendung mehr fand und jetzt als
Dekoration herhalten sollte. So tauschten die Menschen
Tischdecken aus Naturfasern gegen Plastikdecken ein,
blasse, wenig ansehnliche Steingutschüsseln gegen
bunte Plastikware, alte Öldrucke oder gar Originale gegen schnell produzierte Kaufhausbilder, Petroleumlam-
pen gegen grelle Leuchtstoffröhren. Die Resopal-
Beschichtung löste das Echtholz-Furnier in der Möblie-

6

rung der Räume ab. Worüber Daxenbichler nur den Kopf schütteln konnte, war der Tausch von Hemden aus Leinen oder Baumwolle gegen Ware aus Nyltest. Vor allem die jungen Burschen waren aufgrund des Leuchteffekts bei den Tanzveranstaltungen haltlos begeistert.

Franz Daxenbichler durchfuhr mit seinem VW Variant unter der Woche die Orte in der näheren und weiteren Umgebung. Er hielt Ausschau nach alten Häusern mit alten Menschen. Manches Mal wurde er auch von jungen Hofnachfolgern, die ihn schon kannten, angerufen, um altes Gerümpel, für das er noch einige Mark herausrückte, abzuholen. Meistens hatte er seinen Anhänger mit angekoppelt, um gleich die Sache mit einem Jungbauern über die Bühne zu bringen. Um nicht aufzufallen, lud er auch alte Gegenstände, die wirklich nichts mehr wert waren, auf seinen Anhänger auf, obwohl er wusste, dass er sie umgehend zu entsorgen hätte, denn seine Scheune war schon brechend voll.

Als er in Gramling durch den Ort fuhr, und an einem Bauernhaus vorbeikam, fiel ihm die Nische in der Giebelfront eines stattlichen Hauses auf, in dem vielleicht noch ein altes Bauernpaar wohnte. In der wenig beachteten Nische müsste einmal eine Figur, eine Statuette gestanden haben, jetzt war sie leer. Daxenbichler stoppte am rechten Fahrbahnrand, stieg aus, überquerte die Dorfstraße und ging auf die Hofeinfahrt zu. Im Hofviereck zwischen Wohnhaus und Scheune kehrte ein alter Mann die Reste von verlorenem Heu zusammen. Daxenbichler betrat den Hof und ging auf den alten Mann zu. Dieser sah überrascht auf, als er Daxenbichler kommen sah. Was wollte ein Fremder, den er noch nie hier gesehen hatte und der sicher nicht aus seinem Dorf stammte, wo er jeden kannte?

Daxenbichler deutete auf die vordere Hausseite, wo sich die Nische befand, die jedoch blind war.

»Dürfte ich hiervon ein Foto machen?«, fragte er vorsichtig.

»Warum nicht, es ist ja nichts Besonderes.«

Daxenbichler holte seinen Fotoapparat aus dem Auto und schoss zuerst vom Gartenzaun aus ein erstes Foto von der gesamten Giebelfassade. Dann fokussierte er für eine Großaufnahme die Nische an.

»Dürfte ich noch einmal vorbeikommen, ich habe da eine passende Figur dazu?«

»Meinetwegen, aber ich sage Ihnen gleich, kaufen tu ich nix.«

Als Daxenbichler nach zwei Tagen wieder vor dem Bauernhof parkte, kam der alte Bauer gerade aus der Scheune.

»Sie schon wieder«, brummte der Alte.

»Ich würde gerne meine Figur, von der ich Ihnen erzählt habe, in die Nische stellen, das wird dann ein perfektes Foto. Gibt es hier eine Leiter?«, fragte Daxenbichler und sah sich den Kopf hin und her wendend suchend um.

Der Alte deutete nur mit einer kurzen Armbewegung auf die Seitenwand der Scheune.

Daxenbichler ging dorthin und hob die Leiter, die waagrecht an zwei Haken hing, herab und kam damit zum Haus zurück.

»Verkratzen Sie mir aber nicht die Wand!«, warnte der Alte.

Daxenbichler lehnte die Leiter an die Hauswand, so dass er die Nische der Höhe der zweiten Fensterreihe gut erreichen konnte. Er ging zu seinem Auto und entnahm aus dem Kofferraum ein Bündel, das den Inhalt noch verbarg, da es dick mit Zeitungspapier umwickelt war. Er schlug das Zeitungspapier zurück und entnahm eine farbig gefasste Figur, eine Maria, sitzend, mit dem Jesuskind auf ihrem Schoß. Das Papier legte er neben die Leiter auf den Boden und erklomm, die Figur im Arm schützend, die wenigen Sprossen der Leiter. Er stellte die Figur in die Nische, rückte noch etwas die Position zurecht und kehrte auf den Erdboden zurück.

»Und, wie gefällt sie Ihnen?«, fragte er freudig den Bauern.

»Ganz gut. So hat es hier früher vielleicht auch ausgesehen. Ich kann mich aber nicht mehr daran erinnern. Die Nische ist schon lange leer. Aber sagen Sie, warum treiben Sie den ganzen Aufwand? Sind Sie Forscher, Volkskundler oder so etwas?«

Daxenbichler wich der Frage aus.

»Es macht doch einen guten Eindruck, nicht wahr? Wobei ein paar Blümchen in einer kleinen Vase würden sich daneben auch gut machen.«

Daxenbichler wandte sich um. Der Vorgarten war als Bauerngarten angelegt für Gemüse, Salat und einige Blumen.

»Da kann ich mir doch einige Stängel pflücken?«, fragte er forsch.

»Sie haben Glück, dass meine Frau das nicht mehr mitansehen muss, der Garten war ihr ganzer Stolz. Meine Schwiegertochter, die sich jetzt darum kümmert, ist da nicht so penibel.«

»Also darf ich?«, drängte Daxenbichler.

Der Bauer nickte.

»Ich hole noch ein altes Einweckglas aus der Scheune, damit die Blumen nicht verdursten«, sagte der Alte gar nicht mehr so abweisend.

Er verschwand in der Scheune und Daxenbichler pflückte einige Blumen, bis er einen kleinen bunten Strauß zusammen hatte. Der Alte kam mit einem angestaubten Glas aus der Scheune zurück, ging zum Brunnen, der eher ein langgestreckter Trog war, wusch das Glas und füllte es halbvoll mit Wasser. Daxenbichler steckte die Blumen in die Vase, kletterte die Sprossen zur Maria hoch und stellte sie neben der Figur ab.

Wieder heruntergeklettert, entfernte er die Leiter und legte sie vor der Giebelwand des Hauses ab.

»Ja, wollen Sie die Figur jetzt oben lassen?«, fragte der Bauer irritiert.

»Nein, nein. Für das Foto würde die Leiter jetzt nur stören.«

Daxenbichler suchte sich eine passende Position neben der Hofeinfahrt und machte einige Aufnahmen, indem er das Normalobjektiv sowie das Teleobjektiv einsetzte.

Daxenbichler stellte die Leiter wieder auf und holte die Maria wieder zurück, wickelte sie vorsichtig in das Papier und brachte sie zusammen mit der Fotoausrüstung zum Auto.

Er nahm die Leiter von der Wand und hängte sie an ihren angestammten Platz auf die Haken an der Scheunenwand.

»Jetzt habe ich doch die Blumen da oben vergessen«, sagte er, als er zurückkam.

»Das macht nichts, dann steht wenigstens etwas in der Nische«, bemerkte der Bauer.

»Dann bedanke ich mich bei Ihnen. Ich freue mich über die gelungenen Fotos.«

»Is scho recht. Des war für mi auch amol a Abwechslung.«

»Auf Wiedersehen und nochmals Danke«, rief Daxenbichler aus dem offenen Seitenfenster, das er gleich beim Einsteigen heruntergekurbelt hatte, denn das Wageninnere war über die Zeit unangenehm aufgeheizt worden. Er ließ den Motor an und fuhr ab.

Daxenbichler fuhr zu seinem Heimatort zurück. Er betrat seinen Laden mit der Werkstatt von der Rückseite aus, er durchquerte den Verkaufsraum, schloss die Türe von innen auf und drehte das Schild um, das anzeigte, dass der Laden nun geöffnet hatte. Er stellte die Madonna ins Schaufenster seines kleinen Ladens in der Fußgängerzone. Rechts und links platzierte er silberfarbene Kerzenständer, um die Bedeutung der Madonna hervorzuheben.

Als sein Bruder, der regelmäßig vorbeikam, und ihm von seinem geplanten Ski-Urlaub in St. Christina erzählte, beauftragte er ihn, dort im Grödnertal bei den Holzschnitzern vorbeizuschauen und entweder bei Comploj oder bei Moroder zwei Madonnen mit dem Jesuskind zu kaufen. Madonnen, die der Mariazeller Madonna in Österreich nachempfunden sind. Die Ausführungen sind nahezu gleich, da sie auf Kopierfräsmaschinen in Serie hergestellt werden. Jedoch wollte er die Figuren ungefasst, also ohne Grundierung und Bemalung, wie er betonte. Er sagte, das würde den Einkauf nur teurer machen und die Arbeit des Fassens könne er selbst durchführen und in seinem Sinne auch farblich ausführen.

»Diese Madonnen verkaufen sich recht gut, gerade wenn ich noch eine Geschichte mit ihnen verbinde, die ich den Kunden erzählen kann«, erklärte er seinem Bruder.

»Du bist schon ein ausgesuchter Batzi! Wenn du dich nicht amol vertust.«

Doch der Bruder versprach, sich nach dem Dreikönigstag wieder zu melden.

Daxenbichler entnahm den Schwarz-Weiß-Film der Kamera und ging für einen kurzen Moment über die Straße zum Fotogeschäft, nachdem er seine Nichtanwesenheit auf seinem Schild bekannt gegeben und seinen Laden zugesperrt hatte. Die Fotos, die er von der Madonnenfigur gemacht hatte, ließ er beim Fotohändler vervielfältigen und mit einem weißen Rand versehen, der mit einer Schere wellenförmig beschnitten wurde. Gerade so, wie die Bilder aus einer früheren Zeit zu haben waren.

Zu Hause ging er an die Beschriftung der Rückseite der Fotos. Auf das erste Bild schrieb er mit zittriger Sütterlinschrift, wie er sie einmal in der Grundschule gelernt hatte:

Unser Haus mit der Haus-
madonna von 1783.
Johann Holzer, Wiesbauer

Daxenbichler setzte ein Schreiben auf, das die Herkunft der Statue erklären sollte:
„Als das Kloster Irsee 1802 aufgelöst wurde, ersteigerte der Vater meines Großvaters die Figur, die vielleicht aus der Zelle eines Mönchs stammte. Er hatte sie für eine Nische an der Ecke unseres Hauses vorgesehen, das gerade erbaut wurde.
Weil der Herr Pfarrer Ignaz Bächle meinen Großvater darauf aufmerksam machte, dass es ein wertvolles Kunstwerk wäre, nahm er die Figur wieder herunter und stellte sie in seinem Schlafzimmer auf die Kommode.

Joh. Holzer, Wiesbauer, 15. August 1935"

Daxenbichler schrieb in der Sütterlin-Schrift:

Als das Kloster Jahr 1802 aufgelöst wurde, und ...wurde der
Vater meines Großvaters ...
Figur die vielleicht aus der Zelle
eines Mönchs stammte. Er sollte
sie für eine Nische, an der Seite
unseres Hauses vorzusehen, das
gerade gebaut wurde.

Weil der Herr Pfarrer Ignaz Gässler
meinem Großvater davon ab-
geraten machte, daß es sich um ein
wertvolles Kunstwerk würde,
nahm er die Figur wieder herunter und stellte sie in seinem
Schlafzimmer auf die Kommode.

Jos. Holzner, Weißbriach,
15. August 1935

Daxenbichler war nun überzeugt, mehrfach ein gutes
Geschäft mit den Madonnen machen zu können. Er
würde auf die Kundschaft warten.

2

Bei einer Renovierung eines Hauses wurde eine Anrichte, eher ein Büffet, mit einem Aufsatzteil in den Hof eines bäuerlichen Anwesens gestellt. Das Möbel war vertikal dreifach gegliedert und das wiederholte sich im Aufsatz mit den Glastüren.

Als Daxenbichler bei einem seiner Streifzüge das Möbel entdeckte, das einer kompletten langgestreckten Resopal-Küche im Wege stand, handelte er es für geringes Geld dem Jungbauern ab. Anscheinend hatten es die Hausbesitzer eilig, denn die Anrichte war noch nicht vollständig und gründlich ausgeräumt. In der mittleren Schublade waren noch Küchenutensilien wie Kochlöffel, Dosen- und Flaschenöffner zu finden. In der rechten Schublade befand sich noch ein Kästchen so groß wie eine Zigarrenkiste. Die Besitzer hatten wohl vergessen, es herauszunehmen oder es war für sie wertlos und haben es an gewohnter Stelle belassen. Er wollte auf der Straße nicht genauer nachsehen, deshalb lud er die Anrichte auch noch mit Hilfe des halbwüchsigen Sohnes des Bauern auf seinen Anhänger auf.

Da sich die junge Bäuerin eine moderne Küche gewünscht hatte und der Bauer möglichst wenig Geld ausgeben wollte, wurden auch der Tisch und die Stühle durch einfache Stahlrohrmöbel ausgetauscht. Der Tisch hatte eine dünne, einfache Kunststoffbeschichtung und die Stühle eine leichte Polsterung mit abwischbarem Plastiküberzug. Die alten Möbel wurden in den Hof gestellt, bis glücklicherweise Daxenbichler die Möbelgruppe entdeckte und dem Bauern die Arbeit des Zersägens abnahm und stattdessen die Teile auflud. Der alte Tisch, ein sogenannter Gestell-Tisch mit massiver Eichenplatte, die auf einem vierbeinigen Unterbau ruhte, der unten mit umlaufenden dicken Holzleisten, die als Fußstütze dienten, zusammengehalten wurde.

Der Anhänger war fast überladen und Daxenbichler musste seine ganze Kunst des Stapelns aufbieten, um alles ohne Gefahr festgezurrt auf dem Hänger nach Hause zu bringen.

Im Hof hinter seinem Laden, wo er den Anhänger abstellte, nahm er als erstes das Kästchen aus der Schublade und trug es ins Haus

Als er drinnen das Käschen öffnete, begegnete ihm ein Rasierzeug, wie es sein Vater in ähnlicher Weise in seinem Besitz hatte: der Rasierer, Ersatzklingen, ein Rasierpinsel, ein Schälchen mit einer Rasierseife, die zu Schaum geschlagen werden musste. Er legte den Inhalt heraus und bemerkte, dass dadurch das Kästchen keineswegs wesentlich leichter geworden war. Unten im Boden, der durch ein gleichartiges Brettchen abgedeckt war, entdeckte er nach dessen Herausnahme eine Papierabdeckung. Als er das Papier abhob, mochte er seinen Augen kaum trauen. Es lagen dort zwölf bis vierzehn Münzen, Goldmünzen. Es waren überwiegend 20-Mark-Stücke. Abgebildet war der Reichsadler mit großem Brustschild. Auf der Bildseite waren Porträts der Kaiser Friedrich III. und Wilhelm II. zu sehen.

Daxenbichler nahm die Münzen heraus und legte das Brettchen, das die Münzen verborgen hielt, wieder zurück. Er füllte die Rasier-Utensilien wieder hinein und klappte den Deckel zu. Er schaute aus dem verstaubten Fenster seiner Werkstatt und stellte sich verträumt vor, wie sich der Vorfahr im Bauernhaus einmal in der Woche fein gemacht hatte.

Da er überzeugt war, dass sich niemand auf dem Bauernhof an das Kästen erinnern würde und auch keiner etwas von der Münzsammlung wusste, legte er die Münzen in einen kleinen Tresor, der hinter einer Vielzahl von Holzteilen aller Art in die Wand eingemauert war. Die

Sicherheit des Tresors bestand eher aus seinem Versteck hinter dem Gerümpel als aus dem wenig soliden Schloss, mit dem er ausgestattet war. Die anderen Möbelstücke, die er ablud, stellte er in den Schuppen hinter dem Haus, der jedoch schon so gefüllt war, dass er sein Auto seit zwei Jahren nicht mehr unterstellen konnte.

An Tagen an denen die Sonne von einem wolkenlosen, blauen Himmel schien, war Daxenbichler besonders gerne unterwegs. Er fuhr ohne Hast und fast schon mit einer provozierenden Langsamkeit durch die Dörfer, sodass er des Öfteren von den Bauern, die es mit Traktor und Anhänger auf den engen Dorfstraßen eilig hatten, angehupt und zu zügigerem Fahren aufgefordert wurde.
Wieder einmal beobachtete er die Renovierungsarbeiten an einem Bauernhaus. Die Fenster waren ausgebaut worden und die Fensterflügel und die Fensterläden standen angelehnt an der Hauswand. Gerne hätte der Bauer größere Fenster einsetzen lassen, aber dem hatte die Bauverwaltung wohl nicht zugestimmt, denn das hätte die Ansicht des Hauses entscheidend verändert. Daxenbichler war das egal. Nicht egal waren die Fensterflügel, die ihn anlockten. Allein im Erdgeschoß waren es sechs Fenster und im Obergeschoß noch einmal vier. Die Maße waren mit 60 mal 70 Zentimeter relativ bescheiden. Beim Näherkommen sah er, dass sich der Fensterlack schon vom Holzrahmen löste und an einigen Stellen der Kitt schon aus den Fugen gebröckelt war. Für Daxenbichler zählten nur die Scheiben. Das waren pro Flügel zwei, also zwanzig Scheiben. Denn die Scheiben waren noch „echtes" altes Glas, kein industrielles Flachglas. Es war aus einer Zeit vom Ende des 19. Jahrhunderts oder zumindest aus dem Anfang des 20. Jahrhunderts. Daxenbichler erkannte das sofort, da die Glastafeln leichte Wellen aufwiesen, also nicht vollständig plan

waren und kleine Fehler wie Lufteinschlüsse und leicht auffällige Unregelmäßigkeiten aufwiesen. Diese ließen sich hervorragend als Malgrundlage für „antike" Hinterglasmalereien verwenden. Dem Bauern sagte er nichts von seinem Verwendungszweck und lud deshalb die kompletten Fenster auf, obwohl er es nur auf die alten Glasscheiben abgesehen hatte.

Er hatte auch schon eine versierte Malerin in dieser Technik im Sinn: seine Grundschullehrerin, deren ausgeprägtes Hobby es seit ihrer Pensionierung war, solche Bilder anzufertigen. Er erinnerte sich gern an Fräulein Erna Wengenmeier, die ihm in seiner nicht immer leichten und problemlosen Grundschulzeit die einfachen Grundlagen für einen Burschen wie ihm, beigebracht hatte.

In seiner Werkstatt begann er die Glasplatten, die er aus den Fensterrahmen genommen hatte, zu zerteilen, so dass sie eine Größe von etwa einem DIN A4-Blatt bekamen. Dann legte er Zeitungspapier zwischen die Gläser und packte ein halbes Dutzend zusammen. Am Nachmittag wollte er seine alte Lehrerin besuchen, von der er wusste, dass sie diese Stunden für ihr Hobby nutzte.

Er hatte keinen weiten Weg vor sich und stand bald vor dem Eingang des niederen Häuschens und läutete. Es dauerte eine Weile, bis die Türe aufging. Die alte Dame schaute anfangs etwas verwundert, dann konnte sie den Besucher zuordnen.

»Ja, der Franz, das ist ein überraschender Besuch. Es freut mich, dass du wieder einmal bei mir vorbeischaust. Komm nur herein!«, rief die Überraschte aus.

»Ich möchte nicht stören, aber ich war gerade am Vorbeiweg und da dachte ich, schaust einmal herein. Wie geht es Ihnen, Frau Wengenmeier, oder soll ich immer noch Fräulein sagen?«

Die Lehrerin hatte nie geheiratet und konnte so auch während der NS-Zeit unterrichten, während Verheiratete aus dem Dienst ausscheiden mussten. Als es dann in der Nachkriegszeit zu wenige männliche Lehrkräfte gab, waren die Schulbehörden froh, eine erfahrene Kraft auch in ziemlich großen Bubenklassen einsetzen zu können.

»Sag wie du willst, wir sind nicht mehr in der Schule«, sagte sie in ihrem bestimmten Lehrerton.

»Ich sag lieber Fräulein, weil ich das gewohnt bin.«

»Was treibst du denn, Franz? Handelst du immer noch mit alten Dingen?«

»Ja, immer noch und werde auch weiterhin nichts anderes tun.«

»Hauptsache du bist zufrieden, mit dem was du machst. Manchen deiner Schulkameraden geht es besser, manchen schlechter. Schule war nicht alles.«

Mit dem Blick auf den Tisch sagte Daxenbichler:

»Und Sie, Sie malen immer noch mit Begeisterung. Und das Meiste hinter Glas.«

»Ja, wie du siehst, Franz. Die Glasmalerei ist mir das Liebste.«

Sie deutete auf ihre Malutensilien und auf ein begonnenes Bild. Franz hatte weniger die gegenwärtige Malerei, die auf dem Tisch lag, im Sinn als sein Vorhaben, weswegen er gekommen war.

»Ich habe da etwas mitgebracht, Fräulein Wengenmeier. Es sind sechs alte Glasplatten, gerade in der richtigen Größe für schöne Motive.«

»Wenn Sie mir nur vier für mich bemalen, können Sie die anderen für sich behalten.«

»Solche Geschäfte mache ich eigentlich nicht, aber weil ich dich schon so lange kenne, und du im Grunde ein guter Bursche bist. Meinetwegen!«

Einer alten, schäbigen Aktentasche entnahm er den Stapel Gläser, schlug ihn grob auf und zeigte der Malerin das oberste Exemplar.

»Das ist wirklich ein schönes, altes Glas. Ich will gar nicht fragen, woher du das hast.«

»Heutzutage werden so viele Fenster ausgetauscht, da bleibt immer auch etwas für mich übrig. Eigentlich habe ich sie geschenkt bekommen. Ganz ehrlich!«

»Und was wünscht der Herr für Bildmotive?«, fragte die alte Lehrerin spitzbübisch.

»Was Sie am liebsten malen. Heilige. Die Madonna. Oder Ex-Voto-Bilder, aber die sind zu speziell und zu persönlich. Die passen nicht zu jedem. Eigentlich passen die nur zu einer Person.«

»Also, ich glaube, dass du die Bilder nicht in deine Kammer hängen willst, sondern sie in deinem Laden zum Verkauf anbieten wirst, da sind Heilige die richtige Wahl«, sagte die Malerin mit Bestimmtheit.

»Ich vertraue Ihrer Auswahl, Fräulein Wengenmeier. Die Auswahl ist ja auch groß genug. Heilige gibt es viele.«

»Ich habe auch einige Vorlagen für die Vorzeichnungen, für die Konturen. Das hilft mir.«

»Ich möchte Sie in keiner Weise drängen, ich werde dann wieder einmal bei Ihnen vorbeikommen. Denn ich weiß, dass Sie sich schon bald in die Arbeit stürzen werden«, sagte Franz schelmisch.

Daxenbichler war zufrieden und blieb noch eine Weile bei der alten Dame. Sie unterhielten sich über die Schulkameraden und so manchen Streich, den Franz während seiner Schulzeit ausgeheckt hatte. Frau Wengenmeier wurde ernster.

»Wie geht es deiner Mutter, Franz?«

»Ja, meine Mutter ist jetzt auch richtig alt geworden. Sie verlässt kaum mehr das Haus. Aber mein Bruder und ich machen halt die notwendigen Besorgungen und Rosa, die Frau meines Bruders, übernimmt den Haushalt, soweit es die Arbeit in ihrem Blumenladen zulässt.«

»Grüß deine Mutter von mir, Franz.«

»Gerne, Fräulein Wengenmeier. Ich freue mich schon darauf Sie in einigen Wochen wieder besuchen zu dürfen. Auf Wiedersehen.«

Drei Wochen später glaubte Daxenbichler, dass es an der Zeit wäre, wieder einen Besuch bei Fräulein Wengenmeier zu machen. Er hoffte, dass schon einige Arbeiten, die er gut in den Verkauf bringen könnte, fertig wären, denn wie er die alte Lehrerin kannte, war sie eine emsige Arbeiterin, die nichts vor sich herschob. Der Wohnort lag heute auf seinem Weg, doch er wollte nicht mit leeren Händen kommen. So suchte er zuerst im Nachbarladen seine Schwägerin Rosa auf und bat sie um einen kleinen Blumenstrauß.

»Nichts Aufwändiges, nur so als Mitbringsel gedacht«, beschrieb er der Floristin seinen Wunsch vage.

»Für deine neue Freundin etwa?«

»Nein, nein. Das solltest du doch wissen, da ist niemand in dieser Richtung. Die Blumen sind für meine alte Grundschullehrerin.«

»Ist das deine langjährige Freundin?«

»Quatsch nicht, das ist eher eine geschäftliche Beziehung.«

Rosa suchte einige Schnittblumen aus den aufgestellten Vasen in ihrem Laden aus und band sie zu einem hübschen kleinen Strauß. Sie wickelte den Strauß in einen Bogen Papier und legte ihn auf den Verkaufstisch.

»So, schon fertig.«

»Rosilein, du weißt, dass ich im Augenblick kein Geld habe, aber du bekommst es, sobald ich wieder etwas verkauft habe.«

»Das sind meine liebsten Kunden. Etwas bestellen und nicht bezahlen können. Aber das bin ich von dir schon gewöhnt. Zieh bloß ab, Schwager!«, lachte sie.

Daxenbichler winkte noch kurz und rief ihr noch zu:

»Danke Rosi, liebste Schwägerin!«

Er verschwand schnell mit dem Strauß aus dem Blumengeschäft und ging um die Ecke in den Hofraum. Nach kurzem Zögern sprang der Motor des VW Variant an und er bog aus der Hofeinfahrt in die schmale Gasse ein, die ihn zur Hauptstraße führte. Den Ort verließ er auf schnellstem Weg, um noch vor 17 Uhr ins übernächste Dorf zu kommen. Er wollte die Lehrerin nicht zu spät besuchen.

Vor der Türe der Lehrerin wickelte er die Blumen aus dem Papier und läutete.

»Eigentlich hätte ich dich schon eher erwartet, Franz. Eilt es dir gar nicht mit den Glasbildern?«

»Doch, doch, Fräulein Wengenmeier, aber ich wollte nicht als drängelnd erscheinen«, gab Franz ehrlich erklärend zu.

»Na, dann komm herein und schau dir an, was ich für dich habe.«

Auf einem Nebentischchen lagen sechs Bilder nebeneinander aufgereiht.

»Phänomenal! Mit so strahlenden, frischen Farben.«

Franz war begeistert und ein Strahlen überzog sein Gesicht.

»Wenn die Malereien neu sind, wirken die Farben immer so frisch«, erklärte ihm die alte Künstlerin.

»Das kann ich schon korrigieren«, dachte Daxenbichler für sich. »Alte Bilder verkaufen sich besser.«

Die Bilder zeigten die heilige Katharina, die heilige Barbara, die heilige Kreszentia, den heiligen Sebastian, den heiligen Florian und den heiligen Nepomuk. Jedes Bild hatte am unteren Rand eine Schriftzeile. Dort war der Name des jeweiligen Heiligen festgehalten, entweder aus Tradition oder weil sich die Menschen mit den ikonografischen Beigaben, mit denen sich die Dargestellten identifizieren ließen, nicht kannten.

Daxenbichler bewunderte noch die anderen Bilder, die in der Zwischenzeit entstanden waren. Es waren farbenfrohe Motive von den vier Jahreszeiten und Monatsbilder. Daxenbichler lobte die Bilder über alle Maßen. Als es darum ging, ein Entgelt für die geleistete Arbeit zu benennen, wich Daxenbichler vorsichtig aus. Doch die Lehrerin kannte ihren ehemaligen Schüler nur zu gut.

»Lass deinen Geldbeutel nur stecken. Ich hab's doch gern getan, für dich und für meine Beschäftigung auf die alten Tage.«

»Ich sage vielen, vielen, herzlichen Dank, Fräulein Wengenmeier. Sie wissen halt, dass mich mein Geschäft nicht reich gemacht hat.«

Beschwingt, nach so einem guten Geschäft, trat er die Heimfahrt an. Er durchfuhr noch einige Dörfer, aber es gab nichts, was die Neugier eines Trödlers geweckt hätte.

Zu Hause legte er die neuwertigen Hinterglasbilder nebeneinander auf seinen Werkstatttisch. Er kratzte Staub zusammen, der in seiner Werkstatt leicht zu finden war, und sammelte ihn in einem Schälchen. In eine Sprühflasche, die er einmal aus der Wohnung seiner Mutter mitgenommen hatte und nie mehr daran gedacht hatte, sie wieder zurückzubringen, füllte er Leitungswasser und besprühte vorsichtig aus einer Höhe von etwas mehr als einen halben Meter die Glasscheiben der Bilder. Dann ließ er den Staub aus dem Schälchen auf die Bilder rieseln, indem er ihn ebenfalls von größerer Höhe zwischen Daumen und Zeigefinger zerrieb. Er packte die Hinterglasbilder zur Seite und suchte eine schlichte, alt wirkende Zierleiste in seinem Fundus. Leider fand er nicht die gewünschte Leiste oder der Vorrat reichte nicht für sechs Bilder, denn er wollte den Eindruck einer Serie erzeugen. Er maß nochmals die Größe der Bilder aus und schrieb die Maße auf einen Zettel, den er sich in die Hosentasche steckte und mit zum Baumarkt in seinem Wohnort nahm. Dort war die Auswahl überwältigend und er fand eine passende, einfache Leiste, die er gleich vor

Ort auf Maße und Gehrung zuschneiden ließ. Den Zusammenbau und das Leimen würde er selbst in seiner Werkstatt vornehmen.

Mit Holzleim und Spannrahmen machte er sich an die Arbeit, die Bilderrahmen zusammenzusetzen, in die er nach der angemessenen Trocknungszeit die bemalten Glasscheiben einsetzte. Schmale Leisten und kleine Metallstifte sicherten die Rückseite der Bilder. Er stellte vier davon in seine Auslage. Er trat vor die Eingangstüre seines Ladens, um seine neuen Errungenschaften aus der Sicht eines Kunden betrachten zu können.

»Na, das könnte etwas werden«, murmelte er vor sich hin.

3

Daxenbichler startete den Motor seines VW Variant. Es rührte sich nichts. Er versuchte es erneut. Nichts. Er stieg aus, versetzte dem linken Vorderreifen mit seinem Schuh einen Stoß und ging fluchend in das Hinterzimmer seines Ladens, wo das Telefon stand. Er rief seinen alten Schulkameraden den Eugen Weldishofer an, der eine Kfz-Werkstatt betrieb. Dieser vertröstete ihn auf den Nachmittag, da er gerade mitten in einer Arbeit an einer Radaufhängung steckte.

Aber auf seinen Schulfreund konnte sich Franz verlassen. Er erschien wirklich nach dem Mittagessen.

Weldishofer wies Daxenbichler an, die Motorhaube zu öffnen. Franz entriegelte die Motorabdeckung, hob diese an und fixierte sie mit dem Stützstab. Der Mechaniker strich mit der Hand über diverse Kabel im Motorraum.

»Das Zündkabel ist angeknabbert. Da war ein Marder unterwegs. Das muss ausgetauscht werden. Leider ist der Schuppen so voll, dass du das Fahrzeug dort nicht mehr unterbringen kannst. So setzt du dich der Gefahr des Marderverbisses weiterhin jede Nacht aus.«

Daxenbichler fluchte wieder. Gerade heute wäre ein idealer Tag gewesen, übers Land zu fahren.

»Also gut. Mach eins rein«, willigte Franz in den Austausch ein.

Als am späten Nachmittag der Kfz-Mechaniker wieder kam und kurzerhand die kleine Reparatur ausgeführt hatte, sagte Daxenbichler:

»Es tut mir Leid, aber ich bin zurzeit etwas knapp bei Kasse. Aber ich könnte dir im Gegenzug ein nettes Bildchen anbieten. Ich habe eine schöne Auswahl davon. Die habe ich erst hereinbekommen. Da schau, ich habe hier eine heilige Katharina. Deine Frau heißt doch Katharina. Ein schönes und passendes Geschenk.«

Der Kfz-Monteur nahm das Bild etwas widerwillig in die Hand.

»Das ist ja auf Glas gemalt! Geht das nicht leicht kaputt?«

»Wenn du es aufhängst und nicht dauernd daran stößt, kannst du es viele Jahre haben. Es ist ja auch schon alt und hat schon viele Jahre überlebt.«

»Na ja. Besser als nichts!«

»Wenn ich wieder flüssig bin, dann können wir es ja wieder zurücktauschen. Ich glaube aber, es wird deiner Katharina gefallen.«

»Na, lass gut sein!«, gab sich der Mechaniker mit dem Handel zufrieden.

»Ich danke dir, du bist halt ein echter Freund.«

Da er diesem Tag seinen Laden wegen des defekten Fahrzeuges nicht verlassen konnte, blieb er dort und räumte Waren in die Regale und stellte die Dinge um, Wichtiges ins Schaufenster, Unwichtiges nach hinten. Hin und wieder blickte er durch die Schaufensterscheibe nach draußen. Ein Uniformierter und eine junge Dame im geblümten Kleid sprachen lebhaft, immer wieder auf verschiedene Gegenstände in der Auslage deutend, miteinander. Als er wieder nach draußen sah, waren die beiden immer noch da und diskutierten fortgesetzt. Daxenbichler blieb im Dunkel des Ladenhintergrundes und wartete. Und tatsächlich das Paar betrat sein Geschäft. Das Bimmeln des Glöckchens ließ ihn nach vorne treten. Sie grüßten freundlich und sahen sich in den Regalen an den Seitenwänden um. Daxenbichler wartete weiter ab. Der Uniformträger, es musste ein höherer Dienstgrad der US Army sein, hörte seiner Begleiterin zu, die ihm auf Deutsch und Englisch, die Sprachen kurios mischend, scheinbar Verschiedenes vorschlug. Jetzt erst wandten sie sich an Daxenbichler, der nur lächelnd und abwartend im Laden stand.

»Sie müssen entschuldigen. Wir, mein Freund und ich, suchen ein Geschenk für seine Mutter, die in den Staaten lebt. Aber wir können uns nicht auf etwas Bestimmtes einigen. Jeff, mein Freund, muss bald in die Staaten zurück, und wir haben nur noch wenige Tage Zeit, um ein Geschenk auszusuchen; es kann etwas Alpenländisches oder auch etwas Religiöses sein.«

Die neue Marienfigur hatte Daxenbichler noch gar nicht ins Schaufenster gestellt, doch sie machte auf einem Beistelltischchen einen wirkungsvollen Eindruck.

»Schau, was für eine Maria«, begeisterte sich die Frau.

Daxenbichler nickte und mischte sich beratend ein:

»Die originale Mariazeller Muttergottes ist zirka einen halben Meter hoch und aus Lindenholz geschnitzt. Sie stammt aus der zweiten Hälfte des 13. Jahrhunderts. Beide haben Früchte in den Händen, das Kind den Apfel als Sinnbild der Erbsünde, von der es die Menschheit befreit, die Mutter eine Birne. Die Birne soll einst Sinnbild des Leidens gewesen sein, von dem Christus die Menschheit erlöste. Maria zeigt auf den Apfel, als wolle sie mit dem Kind die Früchte tauschen.

Seit dem 16. Jahrhundert war es üblich, Gnadenbilder mit kostbaren gestickten Gewändern zu schmücken. Nur an zwei Tagen ist die Gnadenstatue ohne sogenanntes „Liebfrauenkleid", einem reich bestickten und mit goldenen Fransen versehenen Mantel, bekleidet. zu sehen: am Gründungstag von Mariazell, dem 21. Dezember, und am Tag des Patroziniums der Basilika, zu Maria Geburt, am 8. September. Ich habe hier eine kleinere Nachbildung. Die ist aus Bergahorn geschnitzt. In der Schnitzart und in der farbigen Fassung gleicht sie dem Original.«

Die Kunden waren begeistert und der Amerikaner meinte, dass es ein besonderes Geschenk für seine Mutter darstellte, da ihre Vorfahren aus Österreich stammten.

Der Preis von 2 200 Mark brachte das interessierte Paar wieder auf die Ebene der Tatsachen zurück. Die junge Frau bedrängte ihren Freund mit einem zwingenden Blick, der ihn zur Einwilligung in den Kauf bewegen sollte. Der Amerikaner tat sein Einverständnis schließlich mit einem Kopfnicken kund.

Daxenbichler lobte unverzüglich die Kaufentscheidung und den guten Geschmack der Käufer. Er betonte, dass sie eine richtige Entscheidung im Hinblick auf seine Mutter getroffen hätten. Das Geschenk würde sicher auch in Übersee mit Bewunderung aufgenommen werden. Er verpackte die Figur sorgsam mit Polsterungen rundherum, steckte sie in einen passenden Karton und verklebte diesen mit Klebestreifen. Der Amerikaner legte ohne zu murren die Geldscheine auf den Tisch. Freudestrahlend hängte sich die junge Frau bei ihm ein, als ob sie selbst eben ein Geschenk bekommen hätte, als sie den Laden verließen. Für Daxenbichler war das ein guter Moment an einem Tag, der so unerfreulich begonnen hatte. Er streichelte die Geldscheine, bevor er sie in seinem Geldbeutel verschwinden ließ.

4

Am Nachmittag betrat ein auffällig aussehender Mann den Laden. Die langen grauen Haare hatte er zu einem Pferdeschwanz gebunden, der noch weit über den Kragen seines Sakkos herunterbaumelte. Im linken Ohrläppchen steckte eine nicht zu übersehende goldene Kugel. Der Mann sah sich im Laden um, nahm verschiedene Stücke aus den Regalen, drehte sie hin und her und suchte auch nach Preisschildchen, die aber Daxenbichler nirgendwo aufgeklebt hatte. Denn er machte die Preise immer nach Gutdünken und nach dem Gesprächsverlauf mit dem Kunden. Eine kleine Kommode mit geschwungenen Füßen begutachtete er besonders lange und intensiv, denn sie hatte noch einen Aufsatz mit einer Mitteltüre und links und rechts je vier kleine Schublädchen. In dem geschwungenen Giebelaufsatz darüber war sie mit einem gemalten Gnadenbild geschmückt. Das Schränkchen wies abgeschrägte Ecken, eine große Mitteltür, darunter eine große Schublade auf. Das Möbel ruhte auf fünf Kugelfüßen, drei vorne, alle Flächen waren bemalt, die Mitteltür mit einer Kartusche versehen.

Da Daxenbichler kein ausgewiesener Experte für alte Bauernmöbel war, konnte er nur fremdes Wissen in das Gespräch einbringen.

Erst fragte der Kunde nach der Herkunft des Möbels. Daxenbichler antwortete, dass ihm der frühere Besitzer den Namen Anton Perthaler genannt habe. Er habe dann nachgeforscht und herausbekommen, dass der Genannte am Inn im Kreis Rosenheim gelebt haben musste und 1806 gestorben ist.

Über den Preis machte der Kunde nur vage Andeutungen und Daxenbichler bemerkte, dass es auf die Preisverhandlung ankommen würde, ohne einen Festpreis zu nennen. Er verkaufe solche Stücke eigentlich zu selten. Der Besucher benahm sich nicht wie ein normaler kaufwilliger Kunde und Daxenbichler drängte sich immer mehr der Eindruck auf, diesen Mann schon einmal gesehen zu haben. Aber wo? War es auf einem Flohmarkt oder auf einer Versteigerung? Langsam kristallisierte sich ein Begegnungsort heraus. Es war eine Antikmesse in München. Und der Mann stellte dort an einem eigenen Stand aus. Es waren überwiegend alte Bauernmöbel, aber von höchster Qualität. Und dieser Mann war nun in seinem Laden. Was wollte er? Mit einem Mal nickte und grüßte der Mann freundlich und verließ den Laden, ohne noch ein Wort zu den Gegenständen, die er besichtigt hatte, zu sagen.

Daxenbichler war froh, dass diese nicht gerade angenehme Begegnung, die ihn in irgendeiner Weise irritiert und verunsichert hatte, zu Ende gegangen war. Denn eine Gruppe von fünf Frauen mittleren Alters stürmte geradezu überfallartig in sein Geschäft. Die Gespräche der Frauen gingen durcheinander, denn jede wollte ihre Ansicht und ihr Interesse den anderen mitteilen. Daxenbichler merkte gleich, dass hier einige kleine Verkäufe für wenig Geld im Bereich des Möglichen waren. Dieser Teil einer Reisegruppe, die sich wohl von der Hauptgruppe getrennt hatten, war auf der Suche nach speziellen Souvenirs. Jede fand ziemlich schnell etwas Brauchbares. Die eine nahm sofort eine Sammeltasse mit Untertasse und Kuchenteller in ihren Besitz, die andere griff nach einem der Hinterglasbilder, die Daxenbichler erst neu in sein Sortiment genommen hatte. Auch die dritte schloss sich bei den Hinterglasbildern an, da sie von ihrer Mitreisenden von der Qualität des Bildes überzeugt wurde. Die letzte der Frauen zeigte sich lange unschlüssig, bis sie sich für ein kleines Zinnväschen entschied. Letztlich war jede mit einem Erinnerungsstück versorgt, und Daxenbichler konnte den Frauen noch einen schönen Aufenthalt am Rande der Berge im Werdenfelser Land wünschen. Er selbst hatte einige Scheine und Münzen mehr in der Kasse, was für ihn bitter notwendig war, wenn er an seine Außenstände und an geplante oder zufällige zukünftige Ankäufe dachte.

5

In der Regionalzeitung wurde er auf eine Versteigerung von Einrichtungsgegenständen aufmerksam gemacht. Es sollte eine Villa auf der Ammersee-Westseite geräumt werden und in der Anzeige wurden einige Details genannt, die sein Interesse weckten. Der Tag der Besichtigung war auf den übernächsten Freitag und die Versteigerung auf den darauffolgenden Samstag festgelegt. Daxenbichler merkte sich die beiden Tage vor. Seine Anfahrt betrug nur 65 Kilometer, sodass er am Abend wieder zu Hause sein konnte. Es ersparte ihm so teure Übernachtungskosten. Er erstand einen Versteigerungskatalog und durchquerte schlendernd die Räume der Villa. Er notierte, was er für wertvoll erachtete und merkte sich schon einmal vor, worauf er bei der Versteigerung achten und wo er mitbieten wollte.

Am Freitag fand die Versteigerung im großen ehemaligen Wohnzimmer statt, das zu einem Auktionsraum umfunktioniert war. Zum Glück hatte die Villa für heutige Verhältnisse großzügige Maße, doch nicht jeder fand einen Sitzplatz, sodass sich hinter der letzten Stuhlreihe noch Interessenten drängten.
Scheinbar gelangweilt nahm Daxenbichler in der zweiten Reihe Platz und sah sich unauffällig um. In der Reihe vor ihm saß ein massiger in einem schwarzen Anzug gekleideter Mann. Ganz außen in der ersten Reihe entdeckte er den grauhaarigen Besucher mit dem Pferdeschwanz. Daxenbichler war auf die Bieter gespannt, die aus dem gesamten südbayerischen Raum zusammengekommen waren.
An einer Seitenwand standen zwei Typen, die, wie sich herausstellen sollte, Helfer eines schwergewichtigen Mannes in der ersten Reihe waren.

Die Auktion lief ganz ruhig an, erste Stücke gingen ohne großen Bieterkampf an die neuen Besitzer.

Bei einem Bauernschrank entwickelte sich ein kurzes Bietergefecht zwischen dem Mann vor ihm, den er sich nur als den „Dicken" merkte und einer blonden Dame aus den hinteren Reihen. Letztlich obsiegte der dicke Typ, denn die Dame stieg bei 3 000 Mark aus.

»Es wird aufgerufen Nummer 28, ein Hochzeitsschrank mit Doppelvoluten als Giebel, Türfelder bemalt: Heiliger Wendelin und Heilige Agnes in den oberen Türhälften, Blumenvasen in den unteren, jedes Feld mit profilierten Leisten umrahmt, die umgebenden Flächen weisen Ranken von Blumen auf. Im Fries sind die Jahreszahl 1788 und Initialen A und P aufgemalt. Die Inneneinrichtung ist zweigeteilt, links sind Fachböden, rechts eine Kleiderstange, darüber zwei Schubladen und unter dem Giebelfeld ist freier Raum für Hüte und ähnlichem.«, beschrieb der Auktionator das Möbel und nannte den Aufrufpreis: »3 000 Mark sind gefordert«

»3 500«, rief ein Bieter aus dem Rückraum.

»4 000«, bei mir, rief der Auktionator.

»4 200«, sagte der grauhaarige Mann rechts außen, den Franz erst jetzt wieder erkannte.

»4 400, jemand?«, fragte der Auktionator.

Beim diesem bemalten Bauernschrank entzündete sich bei Daxenbichler ein Feuer, das ihn zum Mitsteigern trieb. Er hob die Hand mit seiner Karte, auf der die Nummer 12 stand.

»4 400«, bei dem Herrn mit der Nummer 12. Wer bietet mehr?«

»4 600«, sagte der „Dicke" aus der ersten Reihe.

»Danke. 4 600, noch ein Gebot?«

»4 700«, sagte der grauhaarige Mitbieter mit dem Pferdeschwanz.

»4 700, sind geboten«, drängte der Auktionator weiter.

Nachdem einige Bieter aus den hinteren Reihen aufgegeben hatten, waren nur noch der „Dicke", der Grauhaarige und Daxenbichler bei den Bietenden. Ein vorliegendes Gebot, das beim Auktionator hinterlegt war, war zwischenzeitlich auch aus dem Rennen.

»4 800«, sagte Daxenbichler wie ein Getriebener, der glaubte, schon am Ziel zu sein.

»4 800, zum ...«

»4 900«, rief der „Dicke".

»5 000«, für den Herrn außen, denn der Grauhaarige hatte die Hand gehoben.

Daxenbichler hatte die Hand noch oben, und der Auktionator sagte: »5 200, für den Herrn mit der Nummer 12«, er wiederholte: »5 200, Wer bietet mehr?«

Keine Hand rührte sich mehr.

»5 200, zum Ersten, zum Zweiten und zum Dritten.«

Der Hammer knallte auf das hölzerne Gegenstück.

Daxenbichler hatte den Zuschlag bekommen, den er in seiner angespannten Lage erst gar nicht wahrnahm. In seiner Euphorie hatte er ganz verdrängt, dass seine Barmittel heute nicht ausreichen werden, was ihm nun ein beunruhigendes Gefühl verschaffte.

Er ging zum Tisch des Auktionators und flüsterte ihm Erklärungen zu. Blass im Gesicht kehrte er zu seinem Platz zurück. Er merkte, wie sich der schräg vor ihm sitzende „Dicke" umwandte und ihm zuraunte:

»Gibt es Probleme mit dem Auktionator?«

»Nein, es gibt nur Probleme mit der Bezahlung«, brummte Daxenbichler gereizt.

»Wenn ich Ihnen helfen kann, kommen Sie mit nach draußen in den Vorraum.«

Der Mann erhob sich schwerfällig und ging in den Vorraum. Daxenbichler stand ebenfalls auf und folgte ihm zögernd.

»Ich hätte den Schrank auch gerne gehabt. Aber nun ist er Ihrer. Aber möglicherweise können wir noch ins Ge-

schäft kommen. Passen Sie auf. Ich leihe Ihnen 5 000
Mark und Sie haben Ihren Schrank. Dann reden wir später weiter.«
»1 300 Mark würden mir schon reichen!«
»Mit so einem kleinen Betrag fang' ich erst gar nicht an«,
schmetterte der „Dicke" Daxenbichlers Einwand ab.
»5 000 oder nix. Sonst kommen wir nicht ins Geschäft.«

Der Mann setzte sich breit auf einen Stuhl und rückte
einen Tisch heran. Aus seiner Aktenmappe entnahm er
ein Blatt Papier redete und schrieb zugleich:

# Schuldschein

Herr Vitus Brunnthaler leiht Herrn ...?
»Wie ist Ihr Name?«
»Daxenbichler, Franz«

Herrn Franz Daxenbichler
5 000 DM
In Worten: fünf    tausend
bis zum 16. November 1967 zinslos!

Dießen, 16. Oktober 1967

Unterschriften:


Vitus Brunnthaler          Franz Daxenbichler

Es bezeugen:


Werner  Leberecht          Walter Stiegler

Der feiste Mann rief einen seiner Helfer zu sich und sagte ihm, er solle den Händler mit dem Pferdeschwanz herbeiholen. Daxenbichler war erstaunt, dass sich der „Dicke" und der Grauhaarige offensichtlich kannten und trotzdem vorhin gegeneinander geboten hatten. Nachdem vier Unterschriften auf dem Blatt waren, nahm der Mann ein Bündel 500-DM-Scheine aus seiner Sakko-Tasche und zählte zehn Scheine vor Daxenbichler auf den Tisch. Die Zeugen entfernten sich. Daxenbichler war verwundert und sprachlos, eine so schnelle Hilfe bekommen zu haben.

»Vielen Dank. Wir sprechen uns morgen«, sagte Daxenbichler noch schnell, griff nach dem Geld und stopfte es hastig in seinen Geldbeutel. Nun eilte er in den Auktionsraum zurück und zahlte den Preis für den Schrank und das Aufgeld.

Daxenbichler hatte mit Hilfe einiger Assistenten des Auktionators den Schrank auf seinen Anhänger verladen, abgedeckt mit Decken und verzurrt. Der Grauhaarige, der in den Hof gekommen war, sprach ihn an:

»Wir treffen uns drüben in der Gaststätte. Da kommen immer alle Händler zusammen.«

Minuten später waren zwei Tische im Gastraum mit Händlern, die auch auf der Auktion waren, belegt. Es war noch ein Platz am zweiten Tisch frei. An dem saß auch der „Dicke".

»Komm, Daxenbichler, setz dich zu uns. Wir sind ja bald Partner.«

»Wie kommen Sie denn da drauf?«

»Na, du zahlst mir erstmal deine Schulden zurück und dann sprechen wir über das gemeinsame Geschäft.«

»Ich verstehe nicht, was Sie mit „gemeinsam" meinen.«

»Also, sagte der „Dicke", öffnete seine Aktentasche und nahm aus dem vorderen kleinen Fach ein weißes Papier heraus. »Also«, sagte er nochmals, und faltete es auseinander.

36

»Also, du zahlst mir in wenigen Wochen deine Schulden zurück und wir sind quitt oder ich bin der Mitinhaber an deinem Laden.«

Der „Dicke" deutete mit seinem Zeigefinger auf die Zahl, die Daxenbichler erst gar nicht richtig wahrnahm. Da stand: 15 000

Darunter war zu lesen:

„In Worten fünfzehn tausend."

Daxenbichler verschwammen die Ziffern und die Worte vor den Augen.

»Was soll der Mist?«

»Kein Mist, das zahlst du mir in wenigen Wochen. Hast du genau gelesen. Vergiss nicht, es haben noch zwei Zeugen unterschrieben.«

»Das ist doch eine ausgemachte Sauerei«, schrie Daxenbichler, »jeder weiß, dass du mir nur fünf Tausend geliehen hast.«

Daxenbichler war in einen gar nicht mehr freundlichen Ton verfallen.

»Du kannst es drehen, wie du willst, Daxenbichler, die Sachlage ist klar. Jedenfalls für mich und meine Rechtsanwälte.«

»Ich gib' dir gleich Rechtsanwälte. Ich hau dir eins in die Fresse, vielleicht kommt dir dann die richtige Zahl wieder ins Hirn.«

Daxenbichler sprang vom Stuhl auf. Doch sofort drückten ihn die beiden Helfer des Dicken, die hinter ihm standen, wieder auf die Sitzfläche zurück.

»So ein Schwein!«, schnaufte er.

Daxenbichler drehte sich von dem „Dicken" weg und schob die beiden Helfer zu deren Überraschung kraftvoll zur Seite.

»I muss naus! I muss naus!«

Daxenbichler war in blinde Wut geraten und stürmte aus der Gaststube hinaus an die frische Luft.

»So eine Drecksau! So ein Lump!«, schimpfte er weiter.

Er setzte sich in seinen VW Variant und fuhr mit durch-
drehenden Reifen an. Gut, dass die Ladung auf dem
Anhänger mit Decken abgedeckt und mit Zurrgurten
schon gesichert war. Er wollte möglichst schnell nach
Hause. Das Zahlen hatte er vollkommen vergessen.
»So ein Drecksschwein. So ein Sauhund, so ein verreck-
ter!«, schrie Daxenbichler gegen die Windschutzscheibe.
Auf der Fahrt durch die Nacht sinnierte er, da er ohnehin
über seine finanziellen Verhältnisse hinaus in einem außer Kontrolle geratenen Bieterrausch mitgeboten hatte,
über die Beschaffung von Geldmitteln. Der Schrank würde nicht sobald verkauft sein, und zwei oder drei Wochen waren bald  um. Mit dem „Dicken" würde nicht zu
spaßen sein. Der würde, ohne mit der Wimper zu zu-
cken, seine Existenz vernichten.
»Bloß nicht aufgeben, bloß nicht klein beigeben,
Franz!«, sagte er sich.
Langsam versuchte er seine Gedanken zu ordnen. Sollte er seine Mutter um Geld angehen oder sollte er den
Münzstock mit den Goldmünzen angreifen.
Daxenbichler schlief diese Nacht äußerst unruhig, er
wachte immer wieder auf und schreckte hoch.
Am folgenden Tag war Abverkauf der nicht versteigerten
Positionen der Auktion. Viele Händler waren noch da.
Sie erhofften sich für günstiges Geld ein oder mehrere
Schnäppchen zu machen. Auch der Grauhaarige und
der „Dicke" waren da. Der „Dicke" musste hier im Gasthaus übernachtet haben. Seine beiden Helfer fehlten. Er
hatte sie vermutlich mit den ersteigerten Gegenständen,
die im Kastenwagen verstaut waren, am Abend zuvor
schon weggeschickt.
Wieder durchstreifte Daxenbichler die Räume, in denen
die letzten Stücke lagen, die verkauft werden sollten. Er
achtete dabei anfangs, dem „Dicken" möglichst aus dem
Weg zu gehen und versteckte sich sogar hinter den auf-

gestellten Trennwänden, die den Raum gliedern sollten. Aber eine Begegnung war dann unausweichlich.

»Na, Daxenbichler, hast du dich wieder gefangen?«

»Du Lump! Ausgschamter, du!«, sagte er halblaut, um nicht andere Händler auf sich aufmerksam zu machen.

»Daxenbichler, das Lamentieren bringt gar nichts! Stell' dich der Realität! Es is, wia 's is!«

»Nix stell' ich mi! Ich hab' no drei Wochen Zeit!«.

Daxenbichler hatte lauterer gesprochen, so dass andere Besucher die Köpfe in seine Richtung drehten.

»Na, gut, dann in drei Wochen. Vielleicht hast du dich dann bis dahin beruhigt.«

Daxenbichler und der „Dicke" gingen weiter. Jeder wurde noch kurz beim Auktionator gesehen, wo sie für einige Dinge, die sie im Freiverkauf erworben hatten, Geld auf den Tisch legten. Gegen Mittag endete die Veranstaltung. Die Händler kehrten noch in der Gaststätte ein, bevor sie den Heimweg antraten. Vor der Villa traf Daxenbichler auf den Grauhaarigen.

»Da habt ihr mich ganz schön reingelegt. Du und dein sauberer Freund!«

»Der Brunnthaler ist nicht mein Freund. Wir sind Geschäftskollegen und keine Freunde.«

»Und warum hilfst du ihm dann, andere hereinzulegen?«

»Das ist eine verzwickte Geschichte. Ich kann nicht immer das tun, was ich gerne tun wollte.«

»Was ist das für eine Geschichte?«

»Ein ander' Mal. Komm gehen wir rein.«

Sie standen jetzt vor dem Gasthaus. Sie betraten die Gaststube.

Dieses Mal saßen die beiden nicht am gleichen Tisch wie am Nachmittag vorher. Der „Dicke" saß in einer Ecke alleine an einem Tisch. Etwas abseits am Stammtisch diskutierten einige Einheimische eifrig während eines Kartespiels. Nachdem Daxenbichler und der Grauhaarige ihre Bestellungen der Bedienung mitgeteilt hatten, starrten beide noch eine Weile sinnierend vor sich hin. Wenig kameradschaftlich stießen sie mit ihren Biergläsern an, welche die Bedienung vor beide hingestellt hatte.

»Wenn ich mit dem Brunnthaler draußen etwas bespreche, braucht es hier drinnen ja nicht jeder mitbekommen, dann dauert das sicher zehn Minuten. Mehr sag' ich nicht«, brach der Grauhaarige das Schweigen.

Der Grauhaarige stand auf und ging zum Tisch des „Dicken". Er sprach kurz auf ihn ein und dieser hievte sich schwerfällig hoch, schlüpfte in sein Sakko und folgte dem Grauhaarigen nach draußen.

Sofort war Daxenbichler klar geworden, welche Chance sich für ihn ergab. So leicht würde er nie mehr in der nächsten Zeit an den Schuldschein kommen, wie jetzt in dieser Situation. Er verließ seinen Tisch und setzte sich an den Tisch an dem vorher der „Dicke" gesessen hatte. Auf dem Stuhl neben ihm, der von den anderen Tischen nicht eingesehen werden konnte, lag die Aktentasche des Dicken. Er öffnete die Tasche mit einer Hand und klappte die Klappe zurück. Die Tasche enthielt nicht viel und er wusste, dass er in die vordere kleine Tasche greifen musste. So war es für Daxenbichler leicht, nach dem gefalteten Papier zu greifen. Rasch steckte er das Papier in die Innentasche seines Jankers. Er klappte die Tasche wieder zu und verließ mit aller Langsamkeit den Tisch und setzte sich wieder auf seinen vorigen Platz. Er nahm ein DIN A5-Heft aus seiner Tasche und begann auf der vorletzten Seite scheinbar zu rechnen oder zu schreiben. Er beugte sich über sein Heft und war ganz in Gedanken versunken, obwohl er nur Strichmännchen und surrealistische Zeichnungen zu Papier brachte. Daxenbichler trank den letzten Schluck seines Weißbieres und rief die Bedienung.

»Zwei Weißbier' zahl ich«, sagte er.

»Sie hatten aber nur eins.«

»Eins ist von gestern. Da war ich nicht gut drauf, so dass ich das Zahlen vergessen habe.«

»Das hat schon ein anderer für Sie bezahlt«, lachte die Bedienung.

»So, wer denn?«

»Ihr Freund oder ihr Kollege, der Grauhaarige mit dem Pferdeschwanz!«

Daxenbichler zahlte Kopf schüttelnd den Betrag für ein Weißbier.

Die beiden Männer, der „Dicke" und der Grauhaarige, kamen wieder in die Gaststube und jeder setzte sich wieder auf seinen Platz von vorhin.

Daxenbichler stand auf und sagte: »Ich hab's für heute. Ich fahr' los«, und setzte noch im Weggehen dazu: »Und danke für das Weißbier von gestern.«

Er ging zum Ausgang. Da rief ihm der Dicke noch nach: »Denk an das Geld, Daxenbichler, ich besuche dich am 16. November! Bis dann!«

»Ach, geh'!«, sagte Daxenbichler und winkte verächtlich ab.

Kaum hatte er hinter dem Lenkrad seines Autos Platz genommen, riss er das gefaltete Papier aus der Tasche, so dass er fast noch das ganze Innenfutter mit herausgezogen hätte. Er faltete es auf. Es war der Schuldschein. Daxenbichler atmete heftig durch. Auf der Heimfahrt schwirrten Gedanken über den abenteuerlichen Verlauf dieser Geschichte und über die abenteuerliche Wendung durch seinen Kopf.

6

Am 16. November wartete Daxenbichler in seinem Laden auf den „Dicken". Dieser ließ viel Zeit verstreichen und tauchte erst am späten Nachmittag auf.

»So, Daxenbichler, Zahltag«, rief er beim Betreten des Ladens und schaute überrascht, wo das Glöcklein über ihm bimmelte. Er wartete gar nicht ab, was Daxenbichler gerade sagen wollte und setze sich schwer ausatmend auf einen alten Bauernstuhl, der neben einem alten Vierecktisch stand.

»Ich sag's dir gleich. Den Schuldschein hab' ich nicht dabei. Der steckt irgendwo zu Hause in meinen Papieren.«

»Ohne den Schein geb' ich dir doch kein Geld. Nach der Trickserei schon gar nicht!«, protestierte Daxenbichler gleich schon zu Beginn aufgebracht.

»Pass auf, Daxenbichler, ganz ruhig, wir sind doch beide Kaufleute. Ich schlage dir einen Kompromiss vor, einen nicht verhandelbaren Kompromiss. Folgendes: Wir treffen uns in der Mitte, du zahlst mir 7 500 Mark, und ich verzichte auf die weiteren 7 500 Mark.«

Daxenbichler wusste, wenn er andeuten würde, dass es den Schuldschein nicht mehr gab, dann würde er sich selbst verraten. Zögernd ging er auf diesen Handel ein, den er immer noch als Betrug bezeichnete.

»Pass auf, Daxenbichler, wir schreiben einen neuen Schein und der alte wird dann ungültig. Hast du Papier und Stift bei der Hand?«

Das Bimmeln der hellen Glocke an der Ladentüre unterbrach abrupt das Gespräch der beiden Männer. Beide blickten zur Türe. Ein Mann und eine Frau, wohl ein Ehepaar, betraten das Geschäft.

»Wir haben im Schaufenster schöne Hinterglasbilder gesehen, da wollten wir fragen, ob Sie auch eine heilige

Margarete hätten, die mit dem Drachen, sie wissen schon. Im Schaufenster konnten wir keine entdecken«, plapperte die Frau los.

»Ich muss hinten im Lager nachschauen, aber ich bin mir nicht sicher.«

Der „Dicke" blieb ruhig auf seinem Stuhl sitzen, würdigte die Kunden keines Blickes, sondern drehte nur den Kopf in alle Richtungen, soweit es sich mit seinem dicken Hals möglich war und besah sich den Bestand der ausgestellten Waren in den Regalen.

Daxenbichler tat im Lager so, als suche er etwas und machte die entsprechenden Geräusche dazu. Er schob verschiedene Gegenstände auf seinem Arbeitstisch hin und her. Für ihn war es eine willkommene Denkpause, sich den Vorschlag des „Dicken" nochmals durch den Kopf gehen zulassen. Er fand auf die Schnelle keine Lösung. Dann erschien er wieder im Laden.

»Leider, meine Herrschaften, habe ich zurzeit keine Margarete. Aber ich werde mich umhören, wenn ich wieder über Land fahre. Wenn ich keine auftreiben kann, dürfte es dann auch ein neuwertiges Bild sein?«

»Wenn das Neuwertige nicht teurer ist als ein altes Bild,« meinte der Mann kühl.

»Ich mache Ihnen schon einen guten Preis für die heilige Margarete.«

»Gut, dann schauen wir wieder einmal herein«, sagte die Frau, »wir sind noch zwei Wochen im Lande.«

Beide wandten sich zu Tür, blickten noch kurz zurück auf den stummen Dicken und schlüpften durch die Tür. Das Glöcklein bimmelte.

»Gut, dass die endlich draußen sind«, sagte der „Dicke" missmutig, der nur scheinbar geduldig auf seinem Stuhl ausgeharrt hatte.

»Wir müssen vorwärtskommen mit unserem Geschäft. So viel Zeit hab' ich nicht. Also, Papier und Stift, Daxenbichler«, drängte er.

Daxenbichler entnahm aus der Schublade unter seinem Verkaufstisch einen Block mit karierten Blättern und legte einen Kugelschreiber dazu.
»Daxenbichler, du schreibst ich diktiere. Also los, schreib!«

---

### Schuldschein

Ich, Vitus Brunnthaler, leihe Herrn Franz Daxenbichler zinslos 7 500 DM, in Worten siebentausendfünfhundert.
Rückzahlbar spätestens zum 01. Dezember 1967.
Der Schuldschein vom 16. Oktober 1967 wird für null und nichtig erklärt und durch diesen ersetzt.

Partenkirchen, den 16. November 1967


Vitus Brunnthaler       Franz Daxenbichler

---

»Zeugen brauchen wir heute keine«, schloss der „Dicke".
Zähne knirschend und mit einem unguten Gefühl unterschrieb Daxenbichler. Der „Dicke" unterschrieb anschließend und steckte das Papier in seine Tasche.

44

»Ich muss weiter«, sagte der „Dicke" und wuchtete sich am Tisch aufstützend vom Stuhl hoch.

»Bequem sind deine Stühle auch nicht. Adieu, Daxenbichler, bis zum nächsten Mal.«

Daxenbichler war froh, den „Dicken" los zu sein und wieder eine kleine Galgenfrist erhalten zu haben und das mit einer finanziellen Verbesserung. Wohl war ihm trotzdem nicht.

7

Das Glöcklein an der Ladentüre meldete, dass ein Kunde in das Geschäft eingetreten war. Franz Daxenbichler saß an seiner Werkbank im Nebenraum seines Geschäfts und war gerade dabei, eine alte Holzfigur, es war ein heiliger Ulrich, von einem dilettantisch ausgeführten, hässlichen Farbanstrich zu befreien. Er legte Wattebausch und Skalpell zur Seite, verschloss die Dose mit dem stark riechenden, fast berauschenden Lösungsmittel und rief in den Verkaufsraum: »I komm scho!«
Er knipste die Lampe, die auf sein Werkstück gerichtet war, aus und erhob sich. Im Gegenlicht sah er einen großen Mann im Verkaufsraum stehen, der ein Paket unter dem Arm hielt, das er wie einen Laib Brot trug. Er ging in den Verkaufsraum hinüber, kniff seine vom licht noch geblendeten Augen zusammen und besah sich den Mann, der eingetreten war.
»Wir kennen uns doch«, sagte er beim genaueren Hinsehen.
»Ja, du bist guat! Es ist zwar schon eine Weile her, aber einen alten Schulkameraden wird man schon noch erkennen.«
»Ja, der Xarre, der Xarre aus der letzten Bank. Jetzt bin i bei dir!«
Aufgrund seiner hochragenden Größe wurde der Franz-Xaver Pichler immer in die letzte Bankreihe einer Schulklasse verbannt. Franz Daxenbichler saß meistens weiter vorne, manchmal gleich neben der Türe.
»Ja, was treibst du denn so? Und was führt dich zu mir?«
»I hab mit meiner Frau a Sportg'schäft. Bekleidung, Ausrüstung und so.«
»Aber du willst mir jetzt net was vom Schifahren und von Schianzügen erzählen. Oder?«

»Na, ganz anders. Wart! Ich hab mein Auto beim Weldishofer in der Werkstatt g'habt. Und dann sind wir so ins Reden kommen, von die alten Schulzeiten und so. Da ham mir die halbe Klasse durchg'hechelt. Was jeder so macht. Und da sind wir auch auf di kema.«

»Do schau her. Da habt ihr aber viel Zeit g'habt.«

»Ja, wenn ma amol im Reden drin is.«

»Aber jetzt weiß ich immer noch nicht, was dich jetzt hergeführt hat?«

»Wart, des kommt scho no.«

»Wie wir auf di z' Reden kema sind, erzählt mir der Weldishofer, was du so mit de alten Sachen treibst.«

»Ja, und?«

»Da is mir ei'g'falln, dass bei uns im Geschirrschrank zwei alte Teller liegen. Die nimmt keiner mehr raus. Scho lang nimmer. Das neue Geschirr wird immer nur darüber gestapelt. Und die zwei Teller hab i jetzt dabei, weil der Weldishofer g'meint hat, dass du di am besten damit auskennst.«

»Ja, dann zeig amol her.«

Der Xarre, wie er schon immer von allen genannt wurde, legte sein Päckchen aus Zeitungspapier auf den Verkaufstisch, riss die Klebestreifen auseinander und  legte die beiden Teller frei. Franz nahm sie in die Hand und stellte beide neben einander.

»Schön, sag' i da erst amol, schön.«

»Die sind halt recht dick und grob«, sagte der Xarre entschuldigend. »Kein Vergleich mit einem heutigen Porzellan. Ich wollt sie dir halt amol zeigen, bevor ich sie vielleicht wegschmeiß!«

»Ja, untersteh dich! Bloß nicht wegwerfen!«

»Ja, sind denn dia no was wert?«

»Und ob. Nach den Marken zu deuten müssten beide aus Schrezheim stammen. Da gab es einen Weinhändler, der hieß Johann Baptist Bux. Deswegen ist die Marke, die wie eine Pfeilspitze nach unten deutet, die dreigeteilte Zweigspitze eines Buchsbaumes. Ich bin selber erst kürzlich beim Durchblättern eines Buches drauf gestoßen. Reiner Zufall! Der Dekor ist einfach und volkstümlich. Und weil er so schlicht aussieht, wurde er wahrscheinlich nie als besonders wertvoll eingeschätzt.«

»Jetzt bin i aber platt. Was mach i jetzt damit?«

»Es gibt zwei Möglichkeiten, eigentlich drei.«

»Und die wären?«

»Einmal kannst du sie mir verkaufen, zum zweiten kann ich sie für dich in Kommission nehmen und verkaufen oder du nimmst sie wieder mit nach Hause und stellst sie in eine Vitrine, wenn du eine hast.«

»Freilich hab ich eine«, entrüstete sich der Xarre.

»Du kannst es dir ja noch amol überlegen.«

»Was die wert sind, darüber hast du mir noch gar nichts gesagt.«

»Da müsste ich mich erst selber schlau machen.«

»Gut, dann tu das. Dann komm ich wieder. Ich werd' jetzt hören, was meine Frau dazu sagt.«

»Ja, wenn erst die Frauen mitreden!«

»Was ist dann?«

»Dann ist die Lösung recht ungewiss.«

»Net bei meiner! Die solltest du eigentlich kennen, die war auch auf unserer Schule, in der Parallelklasse, in der Mädchenklasse. Es ist die Färber Ilse. Jetzt heißt sie natürlich Pichler, wia i«, sagte der Xarre stolz.

»Ich hab mit den Mädchen aus der anderen Klasse nie viel zu tun gehabt. Ich kann mich nicht erinnern«, brummte der Franz.

»Ist ja auch Wurscht! Also dann bis ich wieder komm. Servus Franz.«

»Servus, Xarre!«

Das Glöcklein bimmelte, als der Schulkamerad mit seinem Päckchen, das er jetzt sorgsamer trug, den Laden verließ.

8

Am 1. Dezember wartete Daxenbichler wieder auf den „Dicken". Zu seinem Glück hatte er Geld eingenommen. Er hatte den Hochzeitsschrank an einen neureichen Zugezogenen im Ortsteil Partenkirchen verkaufen können. Der wohlhabende Kunde hätte auch mehr als 8 800 DM bezahlen können, aber Daxenbichler dachte schon daran, sich einen potentiellen Stammkunden heranziehen zu können. Der Mann richtete gerade ein ganzes Haus ein, das er neu bauen hatte lassen. Und er stand erst am Anfang bei der Inneneinrichtung. Da lag auch ein geschäftlicher Vorteil für ihn drin.

Daxenbichler rechnete schon damit, dass der „Dicke" wieder erst am Spätnachmittag erscheinen würde. Doch er kam nicht. Als das Glöcklein der Ladentüre klingelte, dachte er:»Jetzt, endlich.«

Doch es war nicht der „Dicke". Es war der Kollege mit dem grauen Pferdeschwanz.

»Ja, was willst denn du bei mir? Vielleicht etwas kaufen?«

»Nix will ich kaufen. Ich bringe dir eine Neuigkeit.«

»So, da bin ich aber gespannt, was das für eine Neuigkeit ist.«

»Setz' dich hin, bevor es dich umhaut.«

»Na los jetzt, red' schon.«

»Der Brunnthaler ist tot. Der Vitus. Unfall oder Herzinfarkt, ich habe noch keine genaueren Informationen.«

»Ja, wie, wo und wann ist es denn passiert?«

»Ich kenne einen Feuerwehrmann von Gramling, der konnte mir nur sagen, dass der Brunnthaler in einer Linkskurve zwischen Egertsdorf und Södering einfach geradeaus in den Wald gefahren ist. Keiner hat den Unfall direkt gesehen. Ein später vorbeikommender Autofahrer hat dann im Ort den Unfall gemeldet. Das Auto ist nicht einmal stark beschädigt, aber er, der Brunnthaler, war so hinter dem Steuer eingeklemmt, dass er mit der Rettungsschere, die auch nicht gleich da war, weil es in Gramling keine gibt, herausgeschnitten werden musste. Mehr wusste der Feuerwehrmann auch nicht. Die Feuerwehr musste den Wagen erst ein Stück aus dem Wald herausziehen, bevor der Vitus geborgen werden konnte.«

»Ich bin sprachlos, denn ich habe den Brunnthaler heute bei mir erwartet. Dir kann ich's ja sagen, er wollte einen Schuldschein von mir einlösen.«

»Wo ist der Schuldschein jetzt?«

»Keine Ahnung. In der Jacke von der Leiche. In der Aktentasche. Oder bei ihm zu Hause. Es kommt jetzt darauf an, wer den Schuldschein zuerst in die Finger bekommt.«

»Also, ich hab' dir Bescheid gesagt, ich muss mich bei der Witwe melden, denn wir, der Vitus und ich, waren Geschäftspartner. Und wenn du nicht gezahlt hättest, dann hätte er dich gezwungen, ihm Geschäftsanteile zu übertragen. Genauso wie er es mit mir gemacht hat, aber das ist mein Problem«.

Er machte eine Pause.

»Das war mein Problem, Daxenbichler. Also bis dann!«

Eine Woche nach der Beerdigung von Vitus Brunnthaler läutete Werner Leberecht an der Türe des Hauses von Brunnthaler. Die Witwe öffnete und erkannte den Besucher erst, als er den Hut anhob und sie ihn genauer besah.

»Leberecht, Werner Leberecht, Ihr verstorbener Mann und ich, wir waren Geschäftspartner.«

»Ach, ja. Ich habe Sie nur wenige Male gesehen. Aber ich sage Ihnen gleich, um die Geschäfte habe ich mich nie gekümmert.«

»Ja, aber jetzt sind Sie diejenige, die sich mit den geschäftlichen Angelegenheiten befassen muss, wenigstens für den Anfang.«

»Aber kommen Sie doch herein, Herr Leberecht.«
Sie trat zur Seite und führte den Besuch in das Wohnzimmer. Sie bot ihm einen Platz in einem Sesel an.

»Wie waren denn die geschäftlichen Verbindungen mit meinem Mann?«

»Ihrem Mann gehörte ein 40-Prozent-Anteil an meinem Geschäft.«

»Ich weiß natürlich nicht, ob das viel oder wenig ist.«

»Ja, das ist relativ. Für ihren Mann war es wenig. Für mich ist das viel. Aber das hat noch Zeit, das zu klären. Ich möchte Sie noch auf etwas ganz Wichtiges aufmerksam machen. Einen Tag nach seinem Unfall wollte er gegen einen Schuldschein bei einem Kollegen von uns beiden Geld abholen. Das könnte ich für Sie übernehmen, gerade jetzt, wo Sie wahrscheinlich flüssige Mittel brauchen.«

»Wenn Sie das übernehmen könnten, würde mich das freuen. Wenn Sie in seinem Arbeitszimmer nachsehen wollen, es ist gleich neben an.«

Die Witwe Brunnthaler öffnete ihm die Tür zum Arbeitszimmer und sagte: »Sie werden das Papier sicher im Schreibtisch finden. Ich setze mich wieder ins Wohnzimmer. Ich muss mich etwas beruhigen. Sie finden sich schon zurecht«

Leberecht sah, dass die Schreibtischplatte bis auf wenige Schreibutensilien leer war. Instinktiv zog er die rechte obere Schublade auf. Er entdeckte dort nur leeres Papier und weiteres Schreibzeug. In der nächsten Schublade lag eine Mappe mit der Aufschrift „Ausstände". Er nahm die Mappe heraus und entdeckte obenauf den Schuldschein von Daxenbichler über 7 500 DM. Darunter lagen noch weitere drei Schuldscheine. Er legte das erste Papier zur Seite und  blätterte weiter, bis er das

Papier mit dem Namen „Leberecht" entdeckte, sein Name. Er überflog den Schuldschein über 50 000 DM, zog ihn heraus und steckte ihn gefaltet in seine Tasche. Dann klappte er den Hefter wieder zu, legte ihn in die Schublade zurück und schob sie zu.

Er ging in das Wohnzimmer hinüber und wedelte mit dem Schuldschein „Daxenbichler":

»Schauen Sie, Frau Brunnthaler, dieses Papier bringt Ihnen schon einmal einige Tausender«, sagte er freudestrahlend.

Er vermied es jedoch, das Papier zur genauen Betrachtung aus der Hand zu geben.

»Morgen haben Sie Ihr Geld«, stellte er mit Überzeugung fest.

Ich fahre jetzt gleich nach Garmisch und hole es dort ab. Ich darf mich empfehlen, Frau Brunnthaler.«

Zügig verließ Leberecht das Brunnthalersche Haus und fuhr umgehend zu Daxenbichler.

»Daxenbichler, ich bin wieder da«, rief Leberecht schon beim Eintreten in den Laden laut, so dass das Glöcklein kaum zu hören war.

»Wir machen ein Geschäft, denn ich habe deinen Schuldschein, den ich im Auftrag der Witwe Brunnthaler einlösen soll«, verkündete Leberecht freudestrahlend.

»Was hast du dir denn da ausgedacht.«

»Also, du schuldest nach diesem Schein dem Brunnthaler 7 500 Mark. Der hat dir aber nur 5 000 geliehen. Du bekommst von mir den Schein für lausige sechs Tausend. Einverstanden?«

»Und was verdienst du dabei?«

»Ich verdiene die Differenz zwischen deinen sechs Tausend und dem, was ich der Witwe Brunnthaler gebe. Das lass nur meine Sorge sein. Bist du einverstanden?«

»Eine bessere Möglichkeit gibt es wohl nicht?«

»Für dich nicht, vielleicht nur für mich.«

52

»Ihr seid doch alle Gauner!«

»Ja, und du gehörst auch dazu!«

»Also komm, Geld gegen Schein.«

Daxenbichler holte die 6 000 Mark aus seinem Geldbeutel, wobei Leberecht sah, dass noch weitere Scheine darin steckten.

»Also knapp bei Kasse bist du gerade nicht.«

»Im Moment nicht, aber das kann sich schnell ändern.«

Leberecht breitete den Schuldschein vor Daxenbichler auf dem Tisch aus und strich ihn glatt. Der kontrollierte ihn aufmerksam, um sicher zu sein, dass ihm nicht wieder so ein Gaunerstück untergejubelt wurde.

»1 000 Mark Lehrgeld. Das werde ich mir merken. Das passiert mir nicht nochmal.«

»Ich habe noch einiges mit der Witwe Brunnthaler zu besprechen und zu ordnen. Ich will möglichst bald wieder selbständig mein Geschäft führen können. Wir sehen uns sicher bei dem einen oder anderen Antik-Markt wieder. Ciao, Daxenbichler!«

Und schon war er bei der Türe hinaus. Das Glöcklein bimmelte aufgeregt.

Daxenbichler fühlte sich, wie wenn er aus einem schweren Traum, einem Alptraum, erwacht wäre. Er musste dieses Gaunerstück noch einmal Schritt für Schritt von vorne bis jetzt durchdenken.

»Gauner, elender!«, schimpfe er vor sich hin. »Aber ich habe gerade noch einmal Schwein gehabt.«

9

Es war ein strahlender Samstagmorgen. Franz Daxenbichler hatte sich schon zu früher Stunde aufgemacht,
um einen Trödlermarkt in Murnau zu besuchen. Einige
Anbieter waren noch mit dem Aufbau ihrer Stände beschäftigt, andere legten bereits ihre Waren aus. Mit ge-
schulten Augen überstrich Franz die Angebote, die auf
Tapezier- oder Biertischen ausgebreitet waren. An einem Stand, an dem eben die letzten Gegenstände plat-
ziert wurden, blieb Franz etwas länger stehen, auch weil
die junge blonde Frau mit langen, gewellten Haaren,
wohl die Standbetreiberin, ihn freundlich anlächelte und
ansprach.
»Haben Sie ein bestimmtes Interesse. Sie suchen doch
etwas Besonderes, oder?«
»Eigentlich suche ich nicht gezielt. Ich möchte jedoch
nicht nur vorbeilaufen. Ich möchte mich ausführlicher in-
formieren.«
»Da sind Sie hier gerade richtig. Alle Dinge hier stammen aus einer Haushaltsauflösung aus dem Haus meiner Oma. Und ein paar Sachen sind aus der Nachbar-
schaft.«
Für Franz war sie, verglichen mit den anderen Stand-
frauen auf dem Markt, zu auffallend geschminkt. Es war
wohl eine Anfängerin, die auch in ihrem Out-fit nicht gerade passend gekleidet war.
»Interessante Dinge, die man nur am frühen Morgen
bekommt. Später ist schon alles ausgesucht und die
guten Sachen sind weg.«
»Haben Sie schon etwas entdeckt?«
»Ja, die vier Krüge hier, die würden mich interessieren.«
Franz deutete auf eine Gruppe von Krügen: zwei Wal-
zenkrüge, ein Birnenkrug, ein Enghalskrug.

»Die hat mein Großvater gesammelt. Aber ich muss den gesamten Nachlass meiner Oma verkaufen oder zum Sperrmüll oder in die Abfalltonne geben.«

»Das wär aber schade. Was wollen Sie für die vier Krüge haben? Die zwei anderen Krüge sind Reservistenkrüge, so um 1910, aber die interessieren mich weniger, aber Sie sollten sie nicht zu billig verkaufen.«

»Also gut. Dreißig Mark für jeden«, sagte die junge Frau. Franz griff ohne zu handeln sofort zu. Er hatte die Fayencekrüge sofort erkannt. Die Verkäuferin wickelte die Krüge in Zeitungspapier und Franz steckte sie eilig in seinen Rucksack.

»Danke, das war mein erstes Geschäft. Sie dürfen wieder kommen! Ich heiße übrigens Sandra.«

»Ich heiße Daxenbichler Franz. Wenn wir uns duzen, kannst du Franz zu mir sagen, so wie alle anderen auch.«

»Gut, Franz, dann bis zum nächsten Mal.«

Eine plötzlich auffrischende Brise, die an den Sonnenschirmen und Segeltüchern der Stände rüttelte und dunkle Wolken am Horizont waren für Daxenbichler ein untrügliches Zeichen für ein heraufziehendes Gewitter.

»So früh am Morgen schon ein Gewitter, das gibt es auch nicht oft«, sagte Franz mit Vorahnung.

Die junge Frau des Standes wollte es erst nicht glauben, dass der Verkaufssamstag so schnell zu Ende gehen würde, doch Franz konnte sie schnell davon überzeugen, besonders als die ersten schweren Regentropfen fielen. Bereitwillig half er ihr beim Einwickeln ihrer Waren in Zeitungspapier und beim Verpacken in den mitgebrachten Bananenkartons. Schnell war alles im Auto von Sandra verladen, als ein heftiger Gewitterregen einsetzte.

Um einem Durchnässt werden zu entgehen, setzte sich Franz zu der jungen Frau ins Auto, um das Ende des Gewitterregens abzuwarten.

»Des Gewitter wird nicht lang anhalten«, stellte Franz fest.

»Bist du ein Profi auf den Trödelmärkten? Ich glaube schon, so wie du die Dinge betrachtet hast«, kam die junge Frau auf das Thema, mit dem sie sich gerade am Intensivsten befassen musste, zu sprechen.

»Na ja. Ein richtiger Profi bin ich erst, seit ich einen eigenen Laden habe.«

»Was, du hast einen eigenen Laden, den musst du mir einmal zeigen.«

»Ja, gerne. Aber was machen wir jetzt? Der Regen hat nachgelassen.«

»Ich wohne nicht weit weg. Aber ich habe nichts zu Hause. Leider.«

»Dann darf ich dich wenigstens zum Essen einladen.«

Franz hatte ein schlechtes Gewissen, da er die drei Krüge für einen Spottpreis erworben hatte.

»Prima. Da bin ich richtig überrascht!«

»Gut, ich kenne eine nette Gastwirtschaft ganz in der Nähe.«

»O.K. Ich bin dabei.«

Während des Essens fragte die junge Frau den Franz über sein Leben, seine Geschäfte und über seine privaten Verhältnisse so umfassend aus, dass es Franz merkwürdig vorkam, da er noch niemanden so ausführlich sein Privatleben offengelegt hatte.

»Jetzt ist es aber Zeit für mich zu gehen. Ich habe heute noch nichts erledigt. Und der Markt, auf dem ich noch etwas kaufen wollte, ist jetzt auch schon vorüber.«

»Du hast doch bei mir schon etwas gekauft.«

»Ja, das war aber reiner Zufall und ein Glücksfall dazu.«

»Danke fürs Essen, du bist ein pfundiger Kerl. Vielleicht sehen wir uns nächste oder übernächste Woche auf einem Trödelmarkt oder auf einer Antik-Börse?«
»Wenn nächste Woche in Schongau ein Markt ist, werde ich dich schon finden.«
Franz zahlte die Zeche und verabschiedete sich von Sandra.

Tatsächlich durchstreifte Franz am folgenden Samstag den Trödelmarkt in Schongau.
Ohne lange genug die angebotenen Dinge zu inspizieren, suchte er zielstrebig nach dem Stand von Sandra. Verlassen in einem abgelegenen Winkel fand er sie schließlich. Ziemlich schlecht gelaunt, denn keiner interessierte sich für ihre Waren. Mancher Kunde nahm einen Gegenstand in die Hand drehte ihn hin und her und las den aufgeklebten Preis. Franz hatte das beobachtet.
Er näherte sich dem Stand von Sandra.
»So darfst du das nicht machen. Wenn du den Preis von vornherein verrätst, dann kommst du mit einem Kunden nicht ins Gespräch«, so begann er grußlos.
»Darf ich dir einen Tipp geben: Ich schaue mir den Kunden genau an, dann erst nenne ich ihm einen Preis, der je nach Einschätzung mal höher, mal niedriger sein kann.«
»Ah. Tut mir leid, ich bin erst seit kurzem im Geschäft, wie ich dir erzählt habe.«
»Gut. Das ist ein Anfängerfehler, der lässt sich korrigieren.«
»Willst du noch ein bisschen hier bei mir bleiben und mithelfen.«
»Leider habe ich auch einiges zu erledigen, aber ich könnte dich später auf einen Kaffee abholen.«
»Gut, dann bis später, ich warte hier, ich kann ja nicht weg.«

Franz drehte seine Runden auf dem Markt, er fand jedoch nichts, was in sein Sortiment gepasst hätte.

Gegen Ende der Veranstaltung holte Franz Sandra ab. Sie hatte schon alles zusammengepackt, da das Geschäft für sie zu schleppend und enttäuschend verlaufen war. Im Café begann Sandra mit Gedanken zu ihr beider Metier. Sie hatte auch schon eine Idee parat.
»Wie wäre es, wenn ich bei dir mit in das Geschäft einsteigen würde.«
»Was möchtest du da tun?«, fragte Franz nicht angenehm überrascht, fast überrumpelt.
»Arbeiten. Verkaufen. Dir helfen.«
»Bis jetzt habe ich noch keine Hilfe im Laden gebraucht«, wehrte Franz ab.
»Kannst du dir nicht vorstellen, länger und öfter mit mir zusammen zu sein?«, sagte sie und schaute ihn mit einem zärtlichen Blick an.
»Ja, doch. Aber das würde mein bisheriges Leben total umkrempeln.«
»Komm, du bist doch sonst auch nicht so«, sagte Sandra und zog ihn an sich.
»Ich glaube, wir sollten jetzt aufbrechen.«
Franz wich ihrer Annäherung aus und zahlte die Rechnung.
»Wir holen jetzt dein Auto von dort, wo du es abgestellt hast.«
»Das ist nicht so weit weg, das kann ich später auch noch holen.«
»Willst du mit zu mir nach Hause?«, fragte Sandra direkt.
»Ich weiß nicht so recht, ob es jetzt die passende Zeit ist.«
»Wir könnten doch noch geschäftliche Details besprechen und so.«

»Geht das so ohne weiteres? Was werden deine Eltern sagen?«

»Nun, mein Vater sieht es nicht gerne, wenn ich in männlicher Begleitung ankomme. Aber bald werd' ich eine eigene Wohnung haben. Die Wohnung meiner Oma ist jetzt frei. Ich brauche nur noch etwas Geld und einen neuen Job.«

»Was machst du denn gerade?«

»Ich bin Verkäuferin in einer Konditorei. Aber meine Arbeitszeiten passen nicht zum Trödelverkauf, den ich gerade begonnen habe und der mir auch Spaß macht. Morgen muss ich den Sonntagsdienst übernehmen, weil ich heute frei hatte. Aber bis dahin könntest du mir beim Verkaufen auf dem Trödelmarkt helfen. Wenn ich umziehen werde, kannst du mir dann wenigstens beim Umzug helfen? Es sind ja nur wenige Dinge.«

»Ja, gut. Aber ich muss auch an mein Geschäft denken. Das habe ich in der letzten Zeit ziemlich schleifen lassen.«

»Jetzt komm. Gib dir einen Stoß. Ich werd es dir schon entlohnen.«

»Ich brauch dafür kein Geld.«

»Hab ich auch so nicht gemeint. Bald könnten wir Partner sein.«

Franz fühlte sich in die Enge getrieben und unter Druck gesetzt. Etwas, was er überhaupt nicht vertrug.

»Ja, aber ich bin nicht restlos überzeugt von einer Hilfskraft in meinem Geschäft. Ich bin bis jetzt ganz gut alleine zurechtgekommen.«

»Wenn du dich jetzt zierst, dann bezweifle ich, dass wir heute einen glücklichen Abend miteinander verbringen können, den ich mir anders vorgestellt habe. Überleg's dir noch mal.«

Sandra war ärgerlich geworden.

»Also, ich glaub', ich komme allein gut zurecht. Außerdem weiß ich nichts von deinen Erfahrungen mit dem

Antiquitätenhandel. Ich denke, du weißt seit einigen Stunden mehr über mich als ich über dich.«

»Ich glaube du bist ein Angsthase, Franz. Es fehlt dir der Mut.«

Sie wurde zynisch.

»Mit mir nach Hause würdest du sicher heute noch gerne kommen. Aber so leicht bin ich nicht zu haben. Keine Zusammenarbeit, keine Liebe. So ist das. Schade.«

Franz war wie vor den Kopf gestoßen. Er war sicher kein Draufgänger, aber sich so unter Druck setzen zu lassen, widerstrebte ihm gewaltig. Es wurde ihm klar, dass Sandra ihn beherrschen wollte. Er musste sich ausklinken. Wie könnte er da herauskommen?

»Ich muss es mir noch reiflich überlegen. Ich brauche Zeit.«

»Sollten wir uns in einer Woche auf dem Antikmarkt in Schongau treffen, könnte ich mehr dazu sagen.«

»Wenn du diese Zeit brauchst. O.K. Dann in Schongau, in einer Woche.«

Sein eigenes Geschäft hatte Franz in der letzten Zeit sehr vernachlässigt. Zu oft befand er sich hinter den ausgelegten Waren von Sandras Stand. Sie selbst bückste immer wieder aus, um zum Kaffee trinken zu gehen oder alte Bekannte zu treffen, um sich dann lange mit ihnen zu unterhalten.

Der Mann, der sich gerade Sandras Stand genähert hatte, war schon am Weitergehen, als Franz in ihm seinen Schulkameraden Alfons Leitenmaier erkannte.

»Hey Fonsi, du rauscht einfach so an mir vorbei!«

Der Angesprochene blieb abrupt stehen und drehte sich verwundert Franz zu.

»Der Franz Daxenbichler. Was machst du denn hier? Du hast doch einen Laden und verkaufst jetzt auf dem Trödelmarkt.«

»Ja. Ab und zu helf' ich hier.«

»Deswegen ist dein Laden dauernd geschlossen. Ich war schon mehrmals da, aber er war immer zu.«

»Was hättest du denn gebraucht?«

»Ich bin auf der Suche nach einer Schützenscheibe, aber einer alten!«

»Schießt ihr in euerm Verein nicht auf neue Scheiben?«

»Doch. Aber es soll ein Geschenk für unseren Ehrenvorsitzenden sein. Der trifft heute nicht mehr so genau. Deswegen bekommt er auch eine geschenkt. Eine schön bemalte und gebrauchte Scheibe eben halt.«

»Selber hab ich keine im Laden, das weiß ich mit Sicherheit, aber ich werde mich umhören.«

Da kehrte Sandra mit einer Tasse dampfenden Kaffee an den Stand zurück.

»Da bin ich schon wieder«, sagte sie fröhlich, obwohl bereits eine halbe Stunde seit ihrem Weggehen verstrichen war. Sie nickte der Kundschaft mit einem Augenaufschlag freundlich zu. Franz hatte bei dieser Situation den Eindruck, dass sich beide kannten. Er sagte jedoch nichts.

Tage später war Franz wieder in seinem Laden. Das Glöcklein der Eingangstüre bimmelte. Der Alfons Leitenmaier betrat den Laden.

»Ich wollte nur nochmal nach der Schützenscheibe nachfragen.«

»Leider Fonsi, ich habe nichts im Angebot.«

»Da kann man nichts machen. Da muss ich einfach weiter suchen. Aber bevor ich geh', drängt mich die Frage: Bist du jetzt mit der Sandra zusammen?«

»Was heißt zusammen, ich helf' ihr einfach ein wenig. Sie ist eine Anfängerin in diesem Job.«

»Na, gut. Ich dachte schon.«

»Was hast' dacht'?«

»Ich mein' ja bloß, weil die Sandra schon viele kurze Beziehungen gehabt hat.«

»Na«, sagte Franz unwirsch, »da is' nix und da war nix!«
»Franz, du bist und bleibst ein trödelnder Träumer oder ein träumender Trödler. Na, dann pfüat di Gott, Franz. Nix für unguat«, sagte der Schulkamerad und verließ den Laden.
»So ein Schwätzer, so ein elender, wie früher in der Schul'«, sagte Franz vor sich hin, aber er begann nachzudenken.

Als Franz eine Woche später über den Antikmarkt in Schongau schlenderte, verweilte er nicht lange an den einzelnen Ständen. Er hatte keine Lust sich auf ein Gespräch oder gar auf ein Geschäft einzulassen. Seine Schritte wurden schneller, denn er suchte bewusst gezielt nach dem Strand von Sandra. Er sah schon von weitem, dass auch ein junger Mann hinter dem Tisch mit den ausgestellten Waren stand. Als er beobachtete, wie Sandra ihn umarmte, als gerade keine Interessenten bei ihnen stehenblieben, und ihm mit der Hand durch seine schwarzen Locken fuhr, stoppte er, drehte um und ging, teils frustriert, teils gelöst und erleichtert zu seinem Auto. Was er beobachtet hatte, hatte ihm den weiteren Besuch dieses Marktes vollkommen verleidet. Er schaffte es nicht, sofort loszufahren. Er blieb noch eine Weile im Fahrzeug zurückgelehnt sitzen und schüttelte immer wieder seinen Kopf.
»So ein Rindvieh wie mich, gibt es nicht oft!«, wiederholte er mehrere Male.

10

Wie aus einem schlechten Traum erwacht, den er noch
Stunden danach aus seinem Kopf schütteln musste,
wandte sich Franz Daxenbichler umso intensiver seinem
Laden und seinen Arbeiten zu, die liegengeblieben waren, da er seine Sinne nicht ganz beieinander gehabt
hatte. Er erinnerte sich an seinen Rucksack, den er vor
Wochen in die Ecke gelegt hatte. Den Inhalt, den er
noch nicht genauer betrachtet hatte, wollte er jetzt in
aller Ruhe unter die Lupe nehmen. Er stellte den Rucksack auf den Tisch und entnahm die in Zeitungspapier
eingewickelten Krüge. Die Situation, wie er die Krüge
gekauft hatte, kam ihm unweigerlich wieder in den Sinn.
Doch als die Krüge vor ihm auf dem Tisch standen, richtete er sein Interesse und seine Gedanken ausschließ-
lich darauf. Alle vier Stücke waren mit den passenden
Zinndeckeln und den ringförmigen Fußeinfassungen
versehen. Er klappte die Deckel auf und streifte mit dem
Zeigefinger über die Ränder.
»Guter Erhaltungszustand. Der Opa hat gut darauf auf-
gepasst«, murmelte Franz vor sich hin.
Jeden einzelnen drehte er um und besah sich den Boden eines jeden Kruges. Die Fabrik- und Malermarken,
die er entdeckte, hoben seine Stimmung stufenweise. Es
waren unterschiedliche Herstellungsorte und für alle bedeutete das ein Zeichen von Qualität, stellte er befriedigt
fest. Und alle waren aus dem 18. Jahrhundert, aus der
Zeit der Hochblüte der deutschen Fayence. Er holte sich
ein Büchlein aus seinem Bücherregal, um anhand der
Marken die Herkunft und eventuell den Maler nachzu-
schauen.
Auf dem ersten Krug las er: „Ansp:" für die markgräfli-
chen Manufaktur Ansbach und die Jahreszahl „1740"
sowie die Malermarke, ein deutliches „L", was auf den

Maler Adam Friedrich von Löwenfinck hindeutete. Der Dekor zeigte einen asiatischen Reiter, wohl ein Chinese auf einem Kamel, eingerahmt von exotischen Pflanzen und Blüten, ausgeführt unter Verwendung der Farben Türkisblau, Laubgrün, Manganviolett, Eisenrot, Gelb und Schwarz.

Der zweite Walzenkrug trug die Fabrikmarke in der Form eines sechsspeichigen Rades, was für Erfurt steht und der Malermarke „K" für Gottlob Köhler, als Dekor trägt er stilisierte Blumen in Scharffeuerbemalung.

Beim dritten Krug, dem Birnkrug, der die Bezeichnung von seiner bauchigen Form hatte, beschleunigte es Franz den Puls unerwartet. Denn unter den ligierten Buchstaben „N" und „B" entzifferte er die Signatur „B. S.". In seinem Büchlein verfolgte er die Spur bis er die Signatur entschlüsselt hatte: Bartholomäus Seuter. Dieser Augsburger Künstler wurde als Hausmaler geführt, der weißes, unbemaltes Gut, das „Weißgut", von Manufakturen kaufte und selbst mit seinen Dekoren und Malereien fertigstellte. Auf dem Krug ist die Darstellung einer mit Girlanden umrahmten Ansicht eines herrschaftlichen Gebäudes, farbig ausgeführt auf weißem Grund, zu sehen.

Der vierte Krug wich mit seiner Form am stärksten von den anderen ab. Der enge Hals war nicht glatt, sondern wies leichte Wülste auf. Der Henkel war zopfartig gedreht. Eine Ritzzeichnung in Form einer Mondsichel fand Franz am Boden des Kruges, der in seiner Farbgebung sehr an Delfter Vorbilder erinnert. Das musste ein Hanauer Krug sein. Der Krug war mit kleinen, manganvioletten Details auf der weißen Glasur verziert.

An allen Krügen ist der ringförmige Fuß aus Zinn und ein ebensolcher Deckel mit Knauf montiert.

Vielleicht hätte Franz die beiden Reservistenkrüge noch mitnehmen sollen, doch er hatte eine Abneigung gegen alles Militärische, daher fanden sich bei ihm auch keine Gegenstände, die in die Gruppe Militaria einzuordnen gewesen wären. Außerdem wollte er die Anfängerin im Verkauf von Trödelwaren nicht alle ihrer Schätze "berauben."

Franz Daxenbichler dachte zuerst daran, seine Krüge im Schaufenster seines Geschäfts auszustellen. Doch nach einigem Abwägen erhoffte er sich bei einer Auktion in einem Auktionshaus ein breiteres Interesse bei einem größeren Publikum zu erreichen, als er es über seinen Laden möglich wäre. Daher wandte er sich nach München, um seine Krüge dort in eine Versteigerung einbringen zu können. Die dortige Firma und deren Vertreter erkannten sofort das Alter und die Qualität der Krüge, und sie wurden für die nächste Veranstaltung vorgemerkt.

Am Tag der Versteigerung konnte Daxenbichler ganz entspannt den Vorgang im Versteigerungssaal verfolgen. Er war heute nicht gezwungen und angehalten, selbst als Bieter mitzuwirken. Es dauerte für ihn endlos lange und seine Ungeduld steigerte sich, bis die Nummern 200 201, 202 und 203 aufgerufen wurden. Es begann langsam und die Bieter hielten sich noch zurück. Hatten sie etwa kein Interesse? Oder verfolgten manche eine bestimmte Taktik?

Der Auktionator ließ jedes Objekt einzeln aufrufen. Er beschrieb jeden Krug detailliert, obwohl die Interessenten schon vor der Versteigerung die Gelegenheit hatten, die Krüge, die in Vitrinen ausgestellt waren, sich aus nächster Nähe anzusehen. Der Preis für den ersten und zweiten Krug sprang schnell über die 1 000-Mark-Schwelle. Der Birnkrug wurde mit 1 400 Mark zugeschlagen und der Enghalskrug ging für 1 500 Mark an einen Sammler aus der bayerischen Hauptstadt.

Franz war überglücklich, so einen großen Geldbetrag mit nach Haus nehmen zu können. Davon würde er Schulden begleichen und kleinere Anschaffungen machen können. Seine Spürnase am frühen Morgen auf den Trödelmärkten hatte sich ausbezahlt.

11

Gerade wollte Franz den Fußgänger, der vor ihm zu langsam ging, überholen, da erkannte er den Pfarrer des Ortes.

»Grüß Gott, Herr Pfarrer«.

Der Pfarrer drehte sich um.

»Ach, Grüß Gott, mein Sohn«, sagte er schnell, doch überlegte er einen Augenblick.

»Ist Er nicht der Herr Dachsenthaler?«

»Daxenbichler, Daxenbichler Franz, Herr Pfarrer.«

»Und Ihm gehört der Laden dort oben in der Gasse. Er handelt mit Altertümern, nicht wahr?«

»Ja, Herr Pfarrer. Altertümer, ja. Es sind halt alte Sachen, die ich kaufe und wieder verkaufe.«

»Frau Wengenmeier hat mir kürzlich Seinen Namen genannt, als ich bei ihr zu Besuch war.«

»So, so, das gute Fräulein Wengenmeier, meine allererste Lehrerin«, lachte Franz.

»Sie hat mir Seinen Namen genannt, weil ich, wie ich glaube, etwas für Ihn habe. Dazu müsse Er mich aber besuchen und den Gegenstand in Augenschein nehmen.«

»Ah, dann komm' ich mal vorbei. Wann wär's denn recht, Herr Pfarrer?«

»Freitagnachmittag ist ein guter Termin. Besuche Er mich nur bald.«

»Also, dann bis Freitag. Auf Wiedersehen, Herr Pfarrer.«

»Grüß Gott, Herr Daxenbichler.«

Daxenbichler ging über die Straße in Richtung zu seinem Laden. Er war noch verwundert über die Sprechweise des Priesters, aber er hatte einmal gehört, dass der Geistliche nicht aus der Gegend stammte, sondern in den 50er Jahren aus Ungarn oder Rumänien zugezogen war.

Am Freitag, nachmittags gegen vier Uhr, läutete er an der Türe des Pfarrhauses. Vermutlich war es die Pfarrhaushälterin, die öffnete.

»Ich würde gerne den Herrn Pfarrer sprechen.«

»Wenn Sie der Herr Daxenthaler sind, dann kommen Sie herein«, sagte sie mit einer groben Stimme.

»Daxenbichler, Daxenbichler Franz, angenehm.«

»Kommen Sie, ich bringe Sie zum Arbeitszimmer«, sagte sie zu Franz, und als sie nach dem Klopfen an die Tür ein „Ja, bitte" hörte, öffnete sie die Türe und sagte: »Hochwürden, Ihr Besuch ist da.«

»Komm' Er nur herein und nehme Er Platz auf dem Sessel vor meinem Schreibtisch.«

Der Pfarrer wies mit der Hand auf einen breiten Sessel. Der Schreibtisch davor war ein dunkles, riesiges Ungetüm und belegt mit Büchern sowie einem Stapel von Papieren.

»Wie ich schon in unserem Gespräch kürzlich angedeutet hatte, habe ich etwas für Ihn.«

Er erhob sich und öffnete die Türe einer Glasvitrine, in der Gläser und Geschirr aufbewahrt wurden. Mittendrin stand eine bunt bemalte Figur, vermutlich aus Porzellan.

»Wie Er sieht, habe ich viele Gegenstände, alles Geschenke von frommen Menschen, Pilger, die in Altötting, Lourdes oder in Rom waren. Alles Gegenstände, die religiöser Art sind. Nur diese Porzellangruppe«, er machte eine Pause, ergriff eine kleine Figurengruppe und stellte das Objekt auf seinen Schreibtisch mitten in seine Papiere, »die passt von ihrer Art überhaupt nicht zu mir und in dieses Zimmer.«

Er drehte die Figurengruppe mit der Schauseite Daxenbichler zu.

»Farbenprächtig, eine barocke Runde beim Karten spielen«, beschrieb Franz die Plastik grob. Er betrachtete das Stück eingehender.

68

Um einen kleinen, runden Spieltisch gruppieren sich zwei Spieler und eine Spielerin, die ihre Spielkarten in den Händen halten. Sie sind in höfischen barocken Gewändern gekleidet. Von hinten haben sich zwei Personen der Runde genähert. Eine junge Frau mit einem Häubchen auf dem Kopf, die einfach wie eine Zofe gekleidet ist, hält ein Bündel mit einem Neugeborenen in ihren Händen. Ein Mann hat in seiner Linken ein Papier und wedelt mit dem beschriebenen Schriftstück in seiner Rechten. Die beiden Mitspieler in der Spielrunde sind außer sich vor Schadenfreude und lachen über das „Missgeschick" ihres Mitspielers, der unverhofft zum Vater geworden war. Am Boden verstreut liegen fein ausgearbeitete symbolträchtige Rosenblüten.

Daxenbichler griff nach dem Porzellanstück und fragte erst dann: »Darf ich?«
Noch ehe der Pfarrer etwas sagen konnte, drehte Daxenbichler den Gegenstad um und besah die Unterseite. Er sagte: »Hmm. Meißen. Die Schwertermarke. Zwei Bossierer-Nummern, alles da, was man wissen muss.«
»Ja, dass es aus Meißen ist, ist deutlich zu erkennen«, stimmte der Pfarrer zu.
»Woher stammt dieses schöne Stück?«, fragte Franz.
»Die Frau des alten Apothekers verfügte in ihrem Testament, dass ich diese Figur erhalten sollte. Ich war von diesem Erbe selbst völlig überrascht.«
»Aber jetzt wollen Sie dieses Stück nicht mehr behalten.«
»Ja, ganz genau.«
»Nun, Herr Pfarrer, abkaufen kann ich ihnen die Gruppe nicht, aber ich kann sie in Kommission nehmen. Was haben Sie sich denn für einen Preis vorgestellt.«
»Ich dachte an 2 000 Mark.«
»Hmm. Das wird schwer. Ich mache Ihnen den Vorschlag, die Figur in meinem Schaufenster auszustellen.

Ich kann Ihnen jedoch für nichts garantieren. Nennen Sie mir noch Ihre unterste Preisgrenze.«

»Na, dann sag ich mal nicht unter 1 100 Mark.«

Der Pfarrer rief seine Haushälterin und trug ihr auf, sie solle einen entsprechenden Karton, am besten mit Holzwolle gefüllt, vom Dachboden holen. Dort müsse einer sein.

»Darf ich Ihm noch irgendetwas anbieten«, fragte der Pfarrer.

»Nein, danke, ich muss ja schon wieder los.«

Die Haushälterin kehrte mit dem Karton zurück, und der Pfarrer stopfte die Porzellanfigur zwischen die Holzwolle.

»Mir bringen Sie bitte noch ein Tasse Kamillentee«, sagte der Pfarrer zur Haushälterin.

»Aber das Wasser muss schon zuerst kochen und dann muss er noch zehn Minuten ziehen«, sagte die Haushälterin unwirsch. »So lang dauert es halt, bis ein Tee fertig ist!«

Daxenbichler war vom Umgangston der Haushälterin überrascht und verabschiedete sich rasch. Er versprach, sich zu melden, sobald er einen Käufer gefunden hätte.

Zurück im Laden erinnerte er sich an den Käufer „seines" Hochzeitsschrankes, der ihn so in Schwierigkeiten gebracht hatte. Er rief den Kunden sogleich an. Er schwärmte ihm von einem wunderbaren Porzellanstück vor, das er sich unbedingt anschauen müsse. Daxenbichler würde auch am Abend extra für ihn länger im Laden bleiben.

Doch leider musste der potentielle Käufer Daxenbichler enttäuschen. Er könne nicht kommen, denn er sei aufgrund eines Unfalls ans Haus gebunden. Er sagte, Daxenbichler solle doch mit dem Stück zu ihm kommen.

Ohne zu zögern fuhr Daxenbichler los. Bis Grainau waren es nur einige Kilometer.

Auf sein Läuten dauerte es eine Weile, und er dachte schon, es wäre keiner zu Hause. Dann hörte der dumpfe Schritte, die sich der Türe näherten. Der Hausherr, Egbert Kedrowski, öffnete, er ging mit Krücken.

»Daxenbichler, du, jetzt schon, das ging aber schnell. Ich bin gespannt, was du bringst. Komm rein.«

Daxenbichler folgte dem Hausherrn.

Im Wohnzimmer ließ sich Kedrowski auf die Couch plumpsen und wies Daxenbichler mit der Hand einen Sitzplatz zu. Daxenbichler stellte den Karton, den er unter dem Arm hatte, vorsichtig neben sich auf den Boden.

»Sie sehen, wie es einem ergeht, wenn man im fortgeschrittenen Alter noch auf Pisten fährt, die eigentlich tabu sein sollten.«

Er schilderte seinen Unfall im Telegrammstil: »Schussfahrt, Bodenwelle. Abflug, unsanfte Landung. Die rechte Bindung ging auf, die linke nicht. Knie verdreht. Bänderdehnung. Dauert einige Wochen, sagte der Professor, so war's. Ja, dann lass mal sehen, vielleicht muntert mich das etwas auf.«

Daxenbichler öffnete den Karton und stellte die Figur auf den Couchtisch.

»Und was sagen Sie jetzt dazu? Ich sage nur: Meißen.«

»Klasse Figur. Und wirklich Meißen? Und alt?«

»Klar. Meißen und alt.«

»Dann komm mal mit in mein neues Herrenzimmer, dort habe ich noch Platz für solche Exponate.«

Kedrowski hievte sich an seinen Krücken hoch und ging mehr humpelnd als gehend in das Herrenzimmer voran. Daxenbichler nahm die Porzellanfigur in die Hand und folgte ihm.

»Stell sie mal hier auf die Kommode. Genau in die Mitte.«

Daxenbichler verfuhr wie befohlen.

In der Mitte des Raumes stand ein großer runder Tisch mit vier Stühlen. Der Tisch war mit einer Einlegearbeit aus verschiedenen Hölzern versehen, die sternförmig die ganze Platte bedeckte. Die gepolsterten Stühle verhalfen zu einem bequemen Sitzen.

»Hier spielen wir auch Karten. Deswegen passt die Porzellangruppe in dieses Zimmer wie die Faust aufs Auge.«

Daxenbichler sah sich im Raum um. Er war noch nicht vollständig eingerichtet. Besonders auffällig war der Schrank an der Seitenwand, dort stand „sein" Hochzeitsschrank, den er gleich erkannte und den Daxenbichler erst vor wenigen Wochen dem Hausherrn verkauft hatte.

»Da siehst du „deinen" Schrank, er macht sich doch gut hier. Schau mal, was ich hier habe einbauen lassen.«

Er öffnete die linke Flügeltür des Schranks.

»Da ist meine Hausbar. Mit einem Spiegel an der Rückwand.«

Daxenbichler war überrascht. Mit diesem Umbau hätte er nie gerechnet.

Auf halber Höhe standen Flaschen: Kognak, Whiskey, Gin, Calvados, Obstbrände. Darunter andere Flaschen: Cointreau, Grand Marnier, Ramazzotti, Sambuca, Martini rot und weiß und weitere Liköre.

Oberhalb der Flaschen waren die passenden Gläser: Kognakschwenker, Whiskeytumbler, Schnaps-Stamperl, Likörschalen, Cocktail- und Longdrink-Gläser eingestellt.

Hinter der rechten Türe, die er nun öffnete, waren zwei Gewehre, Langwaffen, eine einläufig, die andere doppelläufig. Franz schrak zurück.

»Aber, die hast du nicht unbedingt gesehen«, beschwor er den erstaunten Gast. »Die brauche ich fürs nächste Jahr. Da geht's nach Ostafrika.«

»Sind Sie auch Jäger?«, fragte Daxenbichler verblüfft.

»Ich bin Architekt, Bauunternehmer, Jäger – und ein miserabler Skifahrer«, lachte Kedrowski.

»Aber jetzt zur Figur. Wieviel soll sie denn kosten?«
»Ich dachte so an 2 600 Mark«, nannte Franz seinen ersten Preis.
»Ach, Daxenbichler, das ist doch nicht dein Ernst. Da musst du mir schon noch ein Stück entgegenkommen.
»Schweren Herzens kann ich noch ein paar Hunderter runtergehen. Dann bleibt mir selber kaum ein Verdienst.«
»Also wieviel?«
»Ich sag mal 2 300 Mark«, probierte es Franz vorsichtig.
»Also, wenn ich dir 2 200 Mark gebe, bist du dann zufrieden?«
»Na ja, leicht fällt es mir nicht. Aber Sie sind ein guter Kunde. Ich hoffe, Sie werden es auch künftig sein. Abgemacht!«
»Die Figur passt so gut in dieses Zimmer. Die gebe ich auch nicht mehr her.«
Der Kunde holte den geforderten Betrag wie selbstverständlich aus der Geldbörse, die in seiner Gesäßtasche steckte.
»Fünfhundert – noch einen und noch zwei – und zweimal hundert.«
Er streckte Daxenbichler die Scheine hin, und Franz griff rasch zu.
»Sie können stolz auf dieses Stück sein. So etwas hat kein anderer. Ihre Freunde werden Sie beneiden. Immerhin Meißen!«
»Ich danke dir für den Gefallen, dabei gleich an mich gedacht zu haben.«
Franz wandte sich in Richtung Eingangstüre.
»Auf Wiedersehen, Herr Kedrowski. Wenn ich wieder etwas für Sie habe, melde ich mich. Und gute Besserung.«
»Daxenbichler, ich glaube, du findest allein hinaus. Ich bleibe auf meiner Couch.«

Am nächsten Tag sprach Daxenbichler beim Pfarrer vor. An der Türe empfing ihn die Haushälterin.

»Der Herr Pfarrer ist beschäftigt, ich glaube er hat jetzt keine Zeit für Sie. Kommen Sie in zwei Stunden wieder.

Daxenbichler ließ sich nicht so einfach abwimmeln.

»Sagen Sie bitte dem Herrn Pfarrer, Daxenbichler, der Geldbote, ist da, dann wird er sofort Zeit für mich haben.«

»Na, wenn Sie das sagen. Einen Moment«, sagte sie unwirsch.

Sie schloss die Türe und ließ den verdutzt schauenden Daxenbichler davor stehen. Doch sie war schneller zurück, als es Daxenbichler erwartet hätte.

»Der Herr Pfarrer lässt bitten«, knurrte sie. »Den Weg kennen Sie ja.«

»Daxenbichler, so schnell hätte ich nicht damit gerechnet, dass Er den Verkauf schon abgewickelt hat. Für wieviel ist die Figur weggegangen?«

»Sie werden sich freuen, Herr Pfarrer. Für 1 450 Mark.

»Gut, Daxenbichler, gut. Das ist gut.«

»Ich gebe Ihnen 1 300 Mark, dann liegen sie noch 200 Mark über Ihrem Grenzbetrag. Ich habe zwar nur 150 Mark verdient, aber umsonst ist der Tod, wie man bei uns so sagt.«

Daxenbichler reichte dem Pfarrer den vorher im Auto schon abgezählten Betrag über den Schreibtisch.

»Daxenbichler, Er hat Talent zum Geschäfte machen. Ich bin gottlob die Figur los und habe etwas Geld dafür bekommen.«

»Talent ist gut und schön, Herr Pfarrer, aber ich habe es leider nicht in allen Bereichen des Lebens.«

»Man findet nur selten ein breit gestreutes Talent. Es ist oft eng begrenzt und man muss dafür auch etwas tun. So wie es in der Bibel bei Matthäus und Lukas steht. Nur wer mit seinen Talenten etwas anfängt, wird belohnt. Wer das nicht tut, wird eher bestraft.«

74

»Herr Pfarrer, Sie haben Recht. Ich wünsche Ihnen noch einen schönen Abend.«

»Auf Wiedersehen, Daxenbichler, und ich hoff', Ihn wieder einmal in der Messe zu sehen, was bislang sehr selten war.«

»Des werd scho' no, Herr Pfarrer, wenn ich wieder mehr Zeit hab. Die Kundschaft ist oft nur am Wochenende zu Hause anzutreffen, und da muss ich auf dem Sprung sein. So is des Geschäft halt.«

12

Wieder einmal hatte Daxenbichler vor, seiner früheren Lehrerin Erna Wengenmeier einen Besuch abzustatten. Der Grund war, dass er auf einem Flohmarkt ein Paket mit einem halben Duzend Hinterglasbildern erworben hatte, von denen bei zweien die rückwärtige Abdeckung weggerissen worden war. Die letzte Malschicht wies einige Kratzer auf. Das dritte Bild wirkte wie eine verschmierte Farbpalette eines Malers, aber das Glas war alt und er wollte es daher nicht wegwerfen. Er packte drei Glasbilder in Zeitungspapier und steckte sie in seine Aktentasche.

Das Haus von Fräulein Wengenmeier machte wie immer einen ruhigen, fast verlassenen Eindruck. Doch Daxenbichler wusste, dass die alte Dame zu Hause sein musste, da sie selten das Haus verließ, höchstens um in den nahe gelegenen Geschäften einige Besorgungen zu machen. Er läutete. Und nach kurzem Warten wurde geöffnet. Fräulein Wengenmeier war überrascht, von der Häufigkeit mit der Daxenbichler sie jetzt besuchte, und als sie die Aktentasche sah, schwante ihr rasch, dass er wieder eine Absicht verfolgte, die mit ihrer künstlerischen Arbeit zusammenhing.

»Ja, der Franz. Ich sehe, du hast wieder deine Aktentasche dabei.«

»Richtig erkannt. Erkannt und ertappt. Vor Ihnen, Fräulein Wengenmeier, kann ich halt nichts verbergen.«

»Ich weiß schon. Komm nur herein.«

Daxenbichler folgte ihr ins Wohnzimmer, wo auf einem Nebentischchen die vertrauten Malutensilien lagen.

»Um nicht lange herumzureden, Fräulein Wengenmeier, ich habe nur einige kleine Reparaturarbeiten dabei. Die können Sie nebenher erledigen. Also keine große Sache.«

»Na, dann lass mal sehen, Franz.«

Daxenbichler entnahm die drei Hinterglasbilder seiner Tasche und erzählte von seinem Fund auf dem Flohmarkt, und dass der Verkäufer die sechs Bilder für die er sich interessierte, nur als Paket verkaufen wollte. Bei der Durchsicht stellte er jedoch bei zwei Bildern die Kratzstellen fest und dass eine Scheibe ziemlich verschmiert aussah.

Fräulein Wengenmeier betrachtete die Scheiben von beiden Seiten.

»Die beiden«, sagte sie und deutete auf die mit den Kratzspuren, »da werde ich mein Bestes tun. Beim dritten Bild, weiß ich nicht so recht. Säubern würde ich das Glas jetzt noch nicht. Ich möchte das Bild noch einmal eingehender betrachten. Lass es mir einfach da.«

»Ja, gerne Fräulein Wengenmeier, es eilt nicht.«

Daxenbichler brach nach einem kurzen Gespräch über das Wetter und seine Flohmarktbesuche wieder auf, aber kündigte seinen erneuten Besuch schon für bald an.

Daxenbichler machte noch einen Abstecher zum Wangerhof, einem abseits gelegenen Gehöft, wo er immer wieder einmal vorbeischaute, weil er mit dem jungen Bauern früher im Schulhof gespielt hatte. Mit ihm, der als ein Außenseiter galt, hatte sich Daxenbichler immer gut verstanden.

»Weil ich scho' mal in der Nähe bin«, sagte Daxenbichler, als er, nachdem er aus dem Auto ausgestiegen war, auf den Bauern zuging, der gerade über den Hof zum Wohnhaus ging.

»Na, Herbert, wie geht's?«

»Nicht so gut wie dir, Franz.«

»Woher willst du denn wissen, wie's mir geht.«

»Man hört so einiges. Aber komm doch mit herein. Ich glaub' es gibt einen Kaffee.«

Der Bauer zog vor der Türe die verschmierten Stiefel aus, Daxenbichler kratzte nur pro forma am Fußabstreifer vor der Eingangsstufe, und beide betraten das Haus.

»Was hört man denn so?«

Franz war neugierig auf die Anspielung des Bauern, die er herausgehört hatte.

»Einen Kaffee magst schon?«, wich der Bauer der gestellten Frage aus.

»Dass unsere Lehrerin für dich Bilder malt.«

»Wer sagt denn das?«

»Zum Beispiel der Herr Pfarrer.«

»Der Herr Pfarrer? Den triffst du doch auch so oft wie ich! Nämlich selten bis nie!«

»Aber ab und zu doch.«

»Und da erzählt er dir solche Neuigkeiten.«

»Na, direkt hat er mir nichts erzählt, aber ich habe ihn mit der Frau Wengenmeier reden hören. Es war im Metzgerladen.«

»Kauft jetzt der Pfarrer auch schon selber ein?«

»Die alte Dirscherl, seine Hauserin, ist im Krankenhaus, und der Herr Pfarrer ist es leid, immer ins Wirtshaus gehen zu müssen, wenn er Hunger hat.«

»Ach, lass gut sein. Was immer so herumgetratscht wird. Hast du was für mich.«

»Viel net, am Dachboden steht no a alte Wiege, die brauch' mer nimmer, sagt mei' Frau, und die muss es ja wissen«, sagte schmunzelnd der Bauer.

»Ja, wenn is mitnehma derf?«

»Für dreißig Mark scho. Die tät schon no ihre Dienste.«

»Erst schau' ich mir das Ding an.«

Zwei Treppen mussten sie hochsteigen, um auf den verstaubten Dachboden zu gelangen, wo in einer Ecke die Wiege stand. Es war eine Gestell-Wiege, die an zwei seitlichen Wangen aufgehängt war und in der Querrichtung schaukeln konnte. Die Wangen waren mit Querstreben am unteren Ende stabilisiert. Durch ihre Aufhängung war sie auch abnehmbar und konnte so leichter transportiert werden. Unter der mittleren Verstrebung besaß sie auch noch ein kleines Schubfach wohl für Schnuller oder ähnlichem. Dinge, die in der Nähe griffbereit sein sollten. Das einfache Fichtenholz war grundiert und mit Tölzer Rosen, einem beliebten Dekor, bemalt.

»Also, ein schönes, altes Stück, das muss ich schon sagen. Eigentlich wollt' ich dir nur 15 Mark dafür geben. Aber weil du mein alter Schulfreund bist, geb' ich dir 20 Mark. Und hast sonst noch was auf dei'm verstaubt'n Dachboden?«

»Langsam, langsam. Einen Fünfer musst scho no drauflegen.«

»Na, gut. Weil du's bist.«

»Da liegt noch viel Zeug herum, schau halt mal rum.«

»Do, was is mit der kupfernen Bettflaschn?«

»Nimm's mit, sag i bloß! Weg damit.«

»Schau do her, da is a altes schwarzes Holzkreuz.«

»Nimm's mit. Des hab' ich net wegwerfa derfa. Des is no von ihrer Oma. Mei Frau sagt, a Kreuz wirft ma net weg. Des war a Sünd'.«

Daxenbichler ergriff die beiden Gegenstände, legte sie in die Wiege und brachten sie zusammen mit dem Bauern zum Auto. Franz beglich den geringen Betrag, den der Bauer prüfte und eiligst in seine Hosentasche steckte.

»Also dann bis zum nächsten Mal, Herbert. Wir sehen uns.«

13

Nach zwei Wochen kreuzte Daxenbichler wieder bei seiner ehemaligen Lehrerin auf.

»Franz, die Bilder, die Kratzer hatten, sind fertig. Es waren nur wenige Stellen und gottlob waren sie nicht so breit und so tief.«

»Da bin ich ehrlich froh, dass sie Ihnen nicht so viel Umständ' gemacht haben.«

»Da schau her. Du erkennst keinen Kratzer mehr.«

»Das haben Sie wunderbar hingekriegt, Fräulein Wengenmeier. Gekonnt ist gekonnt! Selber hätte ich die Bilder sicher verpfuscht. Haben Sie beim dritten Bild das Glas gereinigt, um es wieder verwenden zu können?«

»Nein, Franz. Ich glaube du setzt dich erst einmal ruhig hin.«

»Ist was passiert? Ist es Ihnen gar zerbrochen?«

»Nein, Franz. Hör zu! Ich habe mir das Bild genau angesehen. Und je länger ich es betrachtete, umso mehr Strukturen und geplante Darstellungen habe ich entdecken können.«

»Dann sollte das vielleicht ein Bild sein, das so mit Absicht gemalt worden war? Aber ich seh' nur ein farbig's G'schmier mit Wellen und vagen Figuren! «

»Ich zeig dir mal was, Franz.«

Sie nahm ein Buch und hielt es Franz hin, er las den Titel: Wassily Kandinsky.

»Ich versteh' noch nicht ganz.«

»Franz, sagen dir die Namen Kandinsky, Gabriele Münter und Murnau etwas?«

»Sie meinen den Kandinsky, der einige Zeit mit seiner Freundin in Murnau gelebt hat?«

»Genau den Kandinsky, der dort auch ein Haus hatte, genau den mein ich.«

»Und was hat der mit dem Glasbild zu tun?«

»Franz, ich habe mir auf meinen Verdacht hin ein Buch ausgeliehen. Dieses Buch«, sagte sie und nahm ein weiteres Buch aus dem Regal und reichte es ihm.

»Schau dir die Bilder an!«

Sie fuhr fort:

»Und wenn ich da einige Abbildungen mit dem Glasbild vergleiche, dann kommt es mir vor ...«

Daxenbichler unterbrach sie:

»Sie meinen dieses Glasbild könnte ...«

Jetzt sprach Frau Wengenmeier weiter:

»Könnte, muss aber nicht. Ich bin keine studierte Kunsthistorikerin, ich war Grundschullehrerin, wie du weißt.«

»Das würde bedeuten, dass ...«

Die Lehrerin unterbrach ihn erneut:

»Ich weiß nur so viel, dass es für Kandinsky und seine Freundin und einige andere Künstler eine Zeit gab, in der sie von der Glasmalerei inspiriert und begeistert waren. Das war so um 1910. Ein einheimischer Maler von Hinterglasbildern, Heinrich Rambold, von dem sich Gabriele Münter in die Technik der Hinterglasmalerei hatte einweihen lassen, von dem ist hier die Rede.«

»Es könnte also ein Entwurf oder ein Übungsversuch von Kandinsky sein?«, mutmaßte Daxenbichler.

»Nicht so voreilig. Es müsste erst von einem Experten geprüft werden«, bremste Frau Wengenmeier ihren Besuch.

»Das ist ja eine Sensation«, fuhr Daxenbichler begeistert fort.

»Ich sagte schon, Franz, nicht so voreilig.«

Doch Daxenbichler setzte schon zu einem Höhenflug an.

»Ich kaufe mir ein neues Auto, ich kaufe mir ... ich weiß gar nicht was alles.«

»Franz, ich kann dir gar nichts versprechen, ich kann nicht sagen, ob die Glasplatte wertvoll ist oder nicht.«

»Das macht mir nichts aus. Ich nehm 's mit und verkauf es als echten Kandinsky.«

»Aber mich lässt du aus dem Spiel, von mir weißt du nichts. Ich möchte in keine Betrügereien verwickelt werden.«

»Ist doch selbstverständlich. Ich danke Ihnen jedenfalls, Fräulein Wengenmeier. Vermutlich hätte ich das Glas einfach weggeworfen.«

Daxenbichler packte seine neuen Schätze, die drei Hinterglasbilder, jetzt umso vorsichtiger in seine Aktentasche und sprang auf.

»Danke, danke, Fräulein Wengenmeier. Sie haben mich reich gemacht.«

»Langsam, immer langsam, Franz!«

Auf der Heimfahrt war Daxenbichler so in Gedanken, dass er das dreieckige Schild, das auf eine Baustelle hinwies, zwar sah und auch das folgende runde Schild mit der Zahl „30" wahrnahm, aber er verringerte die Geschwindigkeit des Autos nicht. Als er die Querrinne auf der Straße erblickte, war es schon zu spät. Er donnerte darüber, so dass das Fahrzeug einen erheblichen Schlag bekam, die Bettflasche, die er auf den Rücksitz gelegt hatte, wurde hinter seinen Sitz geschleudert. Die Wiege und das Gestell, die im offenen Rückraum des Variant lagen, wurden bis an die Decke hochgehoben und fielen wieder zurück auf den Boden des Gepäckraums. Nach der Baustelle hielt Daxenbichler sofort an der rechten Straßenseite an. Er umkreiste sein Auto, konnte jedoch keinen Schaden am Fahrzeug entdecken. Er öffnete die Heckklappe und besah sich die Wiege. Auch sie hatte den „Flug" unbeschadet überstanden. Dann riss er die hintere Tür zur Rückbank des Fahrzeugs auf und erstarrte. Die Bettflasche war zwischen Aktentasche und Sitzbank gerutscht. Er nahm die Aktentasche heraus, machte sie auf und griff hinein. Ein Stich ließ ihn die Hand sofort wieder zurückziehen. Er sah Blut am Zeigefinger. Instinktiv leckte er das Blut ab und drückte mit dem Daumen auf die Wunde. Vorsichtiger als vorher begutachtete er den Inhalt der Tasche. Er rüttelte ein wenig und vernahm das Klirren von gebrochenem Glas.

»Der Kandinsky. Mein Kandinsky!«

Daxenbichler wollte gar nicht mehr hineinsehen und schloss die Tasche. Die beiden anderen Bilder dort waren ihm nicht mehr wichtig. Er presste immer noch den Daumen gegen die Schnittwunde. Die Blutung hatte gestoppt. Mit Verärgerung und wirren Gedanken an die kaputte Glasscheibe legte er das letzte Stück seines Heimweges zurück.

14

In seiner Werkstätte begann Daxenbichler mit der Fassung der Madonnen, die sein Bruder aus Südtirol mitgebracht hatte. Nachdem er eine erste Schicht von Leimtränke als Basis der Grundierung aufgetragen hatte und diese völlig getrocknet war, folgte die sogenannte "Leimlösche" zur Abdichtung des Untergrundes und zur Verringerung seiner Saugfähigkeit.
Da läutete das Glöcklein der Ladentüre und Daxenbichler sah von seiner Arbeit auf. Zwei Kinder waren in den Verkaufsraum gekommen, ein Junge und ein Mädchen. Der Junge mochte etwa acht Jahre alt sein, das Mädchen älter, vielleicht zwölf Jahre. In seinen Händen trug der Junge ein metallenes Kästchen fest umklammert.
»Ihr seid doch die Kinder, die oben in der Gasse wohnen, ich habe euch schon oft gesehen. Wollt ihr mir etwas verkaufen«, sagte Daxenbichler und deutete auf das Kästchen.
»Nein, die Oma schickt uns, weil wir das Kästchen nicht öffnen können.«
»Dann lasst einmal sehen.«
Die Schatulle war zirka 30 Zentimeter lang, 15 Zentimeter breit und 10 Zentimeter hoch. Vernietete Metallbänder umschlossen die matte Blechhülle. Der Deckel war nach oben aufzuklappen, wenn das Schloss an der Vorderseite aufgesperrt wurde. Konnte es jetzt aber nicht. Dazu wäre ein Schlüssel nötig gewesen. Doch der fehlte.
»Die Oma meinte, Sie können uns helfen.«
»Dann stellt es einmal hier in das Regal, ich werde mich später darum kümmern.«
Der Junge zog die Schatulle stärker an sich und das Mädchen sagte:

»Die Oma sagte, wir dürfen das Kästchen nicht aus der Hand geben.«

»Wie soll ich denn euch helfen, wenn ich das Kästchen nicht in die Hand nehmen darf.«

Der Junge blickte das Mädchen fragend an.

»Wartet mal«, sagte Daxenbichler. »Hier hinten habe ich eine Schachtel mit vielen Schlüsseln. Schlüssel von Taschen, Koffern, Schränkchen, Vorhängeschlössern usw., probiert alle durch, vielleicht ist ein passender Schlüssel dabei.«

Daxenbichler arbeitete an der Grundierung seiner Madonnen weiter. Als er wieder zu den Kindern blickte, sah er, wie sie Schlüssel um Schlüssel aus der Schachtel nahmen, probierten und wieder in die Schachtel zurückwarfen.

»Halt Kinder, ihr macht euch ja die doppelte und dreifache Arbeit. Legt alle ausprobierten Schlüssel in diese Schachtel.«

Er reichte ihnen einen kleinen, leeren Karton. Die Kinder probierten die Schlüssel mit großem Eifer, einen nach dem anderen.

»Wir haben jetzt alle durch. Keiner war dabei«, sagten sie enttäuscht.

»Jetzt schaue ich mir das Ding einmal genauer an.«

Daxenbichler unterbrach seine Arbeit. Er betrachtete die Schatulle aus der Nähe.

»Ich glaube, da steckt etwas im Schlüsselloch. Wir brauchen eine Pinzette und vielleicht auch einen Magneten.«

Die Kinder schauten Daxenbichler groß an, wie er ans Werk ging. Er versuchte es zuerst mit einer Pinzette, die er aus seinem Werkzeugkoffer genommen hatte. Dann kramte er in einem Werkzeugkasten nach einem Schraubendreher, der eine magnetische Spitze hatte. Er testete die magnetische Wirkung an einer Schraube. Er wiegte zweifelnd seinen Kopf.

»Hoffentlich ist der Magnet stark genug.«

Mit viel Geduld und Fingerspitzengefühl versuchte er, das kleine Stückchen Metall heraus zu manövrieren. Dann wurde seine Geschicklichkeit endlich belohnt. Mit einer Spitzzange konnte er das blockierende Teil aus dem Schlüsselloch ziehen.

»Da, das ist der Bart des Schlüssels, der ist abgebrochen.«

Julian holte aus seiner Hosentasche das dazu gehörige Stück und Daxenbichler sah sofort, dass dort der Bart fehlte.

»Du hast schon versucht, das Kästchen zu öffnen. Das hättest du mir aber gleich zeigen sollen. Dann hättet ihr euch die Wühlarbeit mit den Schlüsseln ersparen können.«

Der Junge blickte verlegen zu Boden.

»Na ja. Jetzt ist es ja geschafft. Es muss nur noch der Bart wieder an den Schlüsselhalm.«

Die Kinder sahen Daxenbichler fragend an.

»Ich mache euch einen Vorschlag. Legt das Kästchen in diese Kiste. Wir verschließen sie mit einem dicken Vorhängeschloss und ihr nehmt den Schlüssel mit. Für die Oma schreibe ich eine kleine Notiz. Einverstanden?«

Die Kinder nickten vor Erleichterung. Er stellte das Kästchen in die Kiste und verschloss sie. Den Schlüssel reichte er Julian.

»Ich weiß noch gar nicht eure Namen.«

»Ich heiße Marina und mein Bruder heißt Julian. Unsere Oma ist die Lederer-Oma.

Daxenbichler setze sich an den Tisch und schrieb:

> *Liebe Lederer Oma,*
> *Marina und Julian haben mir ein Kästchen gebracht. Ich*
> *habe es sicher verschlossen verwahrt. Julian hat den*
> *Schlüssel dafür. Ich muss den abgebrochenen Bart des*
> *Schlüssels anlöten lassen, sonst können wir das Käst-*
> *chen nicht öffnen.*
>
> *Viele Grüße*
>
> *Daxenbichler, Franz*

»Und wir sehen uns morgen wieder«, sagte er zu den beiden Kindern.

Am Nachmittag suchte er eine Schlosserei auf, die für ihn des Öfteren Arbeiten für Schränke und Kommoden durchgeführt hatte.
Walter Schwarz, der Meister, schweißte gerade an einem Gartentor die Aufhängung an. Er drehte die Zufuhr von Acetylen und Sauerstoff ab, legte das Schweißgerät auf den Tisch und schob die Schutzbrille mit den runden, fast schwarzen Gläsern auf seine Stirn hoch.
Daxenbichler öffnete seine Hand und zeigte dem Schlosser die beiden Teile, Schlüssel und Bart.

»Wie ich sehe, Franz, bringst du mir nur etwas Winziges, hast du nichts Größeres«, lachte der Meister.
»O.K. Das sollten wir hartlöten.«
Der Schlosser schmirgelte mit einem Stück Schmirgelleinen die Stellen ab, die wieder verbunden werden sollten. Er legte den Schlüsselbart und den Schlüssel auf einen Schamottstein, so dass sie sich gut aneinanderfü-

gen ließen. Er öffnete an seinem Schweißbrenner das Sauerstoffventil und dann das Gasventil. Beide Gase verbanden sich zischend als sie am Schweißmundstück, der Spitze des Mischrohres, entzündet wurden. Er brachte beide Teile zum Glühen und ergriff ein Stäbchen mit Hartlot. Er achtete darauf, dass der Bart und das Schlüsselrohr eng aneinander lagen und verband den Spalt unter der heißen Flamme mit dem Hartlot. Sobald er das Schweißzeug von der Lötstelle entfernt und beide Ventile abgedreht hatte, kühlte sie unsichtbar, aber immer noch teuflisch heiß, langsam ab. Er wartete einige Minuten, zog einen Lederhandschuh an, griff sich eine Feile und beseitigte einige Stellen, wo zu viel Lot aufgetragen worden war.

»So, der Schlüssel ist wie neu«, sagte der Meister, »und der hält auch. Könnte aber noch etwas warm sein«, setzte er verschmitzt dazu und übereichte ihn den noch von der Flamme geblendeten Daxenbichler. Der drehte den noch warmen Schlüssel zwischen seinen Fingern.

»Perfekt. Eine Arbeit, mit der man etwas anfangen kann. Was bin ich dir schuldig?«

»Natürlich nichts. Das war ein Freundschaftsdienst, ich bin vor Weihnachten sicher wieder dein Kunde. Da gleicht sich alles wieder aus.«

Auf dem Heimweg ging er noch ein Stück die Gasse hinauf, um nach den Kindern zu schauen, doch die Gasse war leer. Zurück in der Werkstätte hatte er noch nicht mit seiner Arbeit an den Madonnen fortgesetzt, da traten die beiden Kinder unter dem Bimmeln des Glöckleins in den Laden.

»Wir haben schon auf der anderen Straßenseite auf Sie gewartet«, berichtete Marina.

»Dann wollen wir einmal sehen, ob der neue Schlüssel den „Sesam" öffnet.«

Mit Spannung wurde die Holzkiste mit dem Schlüssel, den Julian verwahrt hatte, geöffnet. Marion nahm die Schatulle heraus und stellte sie auf den Tisch.

»Wer möchte jetzt aufsperren?«, fragte Daxenbichler.

»Ich! – Ich!«, riefen Marina und Julian gleichzeitig.

»Wer jetzt?«

»Marina soll öffnen«, sagte Julian vertrauensvoll.

Marina steckte den Schlüssel in das Schlüsselloch, drehte ihn vorsichtig um und sie strahlte, weil sie erfolgreich war. Sie hob den Deckel an.

Alle Köpfe schossen nun vor und blickten voll Spannung in das geöffnete Kästchen. Sie sahen zwei in Seidenpapier eingewickelte Dinge und ein Petschaft sowie eine rote dreikantige Stange.

Fast gleichzeitig griff jeder der drei in das Kästchen, jeder wollte ein Päckchen mit dem Seidenpapier.

Daxenbichler ließ den Kindern den Vortritt und sagte: »Aber Vorsicht, Kinder, damit nichts kaputt geht.«

Marina und Julian nestelten das Einwickelpapier auf. Es kamen merkwürdig gezackte Gebilde zum Vorschein.

»Das sind Orden«, sagte Daxenbichler. »Aber ich kenne sie nicht. Da muss ich erst in einem Buch nachschauen.«

»Da ist doch ein Kopf abgebildet. Wer ist das?«, fragte Marina.

»Was ist das für ein Stempel? Und was ist das für eine rote, dreikantige und harte Masse?«, rief Julian.

Daxenbichler erklärte den Kindern, dass es sich um ein Petschaft und um Siegelwachs handelt.

»So etwas benützen nur wichtige Leute. Fürsten, Adelige, Bischöfe und so, oder habt ihr so etwas zu Hause?«

»Nö«, antworteten beide Kinder.

»Und die Orden, wer hatte so etwas?«, fragte Marina.

»Orden werden verliehen, vom König oder vom Fürsten. Das bekommen nur Leute, die besondere Leistungen für den König erbracht haben.«

Die Kinder staunten.

»Wo hat denn eure Oma diese Schatulle her?«, wollte Daxenbichler wissen.

»Das wissen wir nicht so genau. Sie hat es uns schon einmal erzählt, aber es ist eine sehr alte Geschichte. Die Oma hat uns erzählt, dass sie, als sie noch ganz jung war, auf einem Schloss gearbeitet hat. Als Dienerin oder so etwas«, berichtete das Mädchen.

»Ich werde eure Oma besuchen, und dann kann sie mir etwas über die Herkunft der Schatulle erzählen.«

Daxenbichler bettelte seiner Schwägerin wieder einmal ein Blumensträußchen ab.

»Für das Fräulein Wengenmeier?«, lachte die Floristin spöttisch.

»Nein, heute nicht, liebe Schwägerin, »ich habe mit der Frau Lederer, die oben in der Gasse wohnt, etwas zu besprechen.«

»Ja gut, ich mach' dir was zu recht.«

»Vielen Dank, Rosi. Das ist sehr nett von dir.«

Das Sträußchen, das die Floristin zusammengestellt hatte, konnte sich sehen lassen. Daxenbichler war zufrieden. Er musste seiner Schwägerin nur noch klar machen, dass es ein familieninterner Dienst war, für den er an keine Bezahlung denke.

»Ein ander Mal, Rosi, du weißt schon.«

Daxenbichler machte seinen angekündigten Besuch bei der Großmutter der Kinder.

Die Lederer-Oma bedankte sich bei Franz Daxenbichler, weil er ihr so geholfen hatte und sich so viele Umstände gemacht hatte, das Kästchen zu öffnen. Die Kinder, Marina und Julian, saßen mit am Tisch, als die Oma mit ihrer Erzählung begann.

»Als junges Mädchen, gerade 14 Jahre alt, kam ich in Stellung zu einer adeligen Familie. Das war weit im Osten, als dieses Gebiet noch zu Österreich-Ungarn gehörte. Als der Krieg 1918 aus war musste die adelige Familie ihr Schloss verlassen. Das musste damals schnell gehen und sie packten das Wichtigste zusammen und zogen nach Wien. Alle Bediensteten, bis auf eine alte Dienerin, wurden entlassen. Am letzten Arbeitstag standen auf einem Tisch im Salon verschiedene Gegenstände aus Silber, edlem Glas und andere Kostbarkeiten. Jeder der Diener, der Gärtner, die Köchin, der Chauffeur durfte sich einen Gegenstand nehmen. Alle haben schnell zugegriffen. Ich war ziemlich bescheiden und traute mich nicht gegen die Älteren anzukämpfen. So konnte ich gegen Ende nur die Metallschachtel nehmen. Ich habe nur einige Male hineingesehen. Den Schlüssel habe ich abgezogen und unter Briefen versteckt. Lange hatte ich das Kästchen zur Seite gelegt und nicht beachtet, da ich mit dem Inhalt nichts anzufangen wusste, bis mir der Schlüssel wieder zwischen die Finger kam. Erst als ich kürzlich im Fernsehen einen Film gesehen habe, in dem so ein ähnliches Kästchen vorkam, wurde meine Neugier wieder geweckt und ich nahm das Kästchen wieder zur Hand.

Julian war da bei mir und auch voller Interesse. Er hat mit dem Schlüssel probiert, aber er hat zu viel Kraft aufgewendet und dann hatte er den abgebrochenen Schlüssel in der Hand.«

»Die Oma hat uns dann zu Ihnen geschickt«, sagte Marina.

»Jetzt müssen wir herausfinden, was das für Orden sind und welches Wappen das Siegel zeigt«, sagte Daxenbichler und betrachtete die Orden sehr lange.

»Ich muss zugeben, dass ich selber nichts von diesen Dingen verstehe. Aber es gibt in Innsbruck einen Kenner von diesen Sammlerstücken, den könnte ich fragen. Auch lassen sich Orden aus der K.-u.-k.-Monarchie in Österreich besser verkaufen als bei uns.«

Die Lederer-Oma war einverstanden, dass Daxenbichler die Orden an sich nahm, weil ihr das Geld lieber war, als diese alten Orden. Ihre Vergangenheit bei der adeligen Familie war für sie längst abgeschlossen. Das leere Kästchen wollte sie jedoch behalten.

15

Der VW Variant machte immer lautere Geräusche, so dass eine Fahrt nach Innsbruck noch aufgeschoben werden musste. Wenn er durch einen Ort fuhr, hörten ihn die Menschen schon beim Näherkommen, noch bevor er das Ortsschild passiert hatte. Langsam war er gezwungen, sich um den sich anbahnenden Schaden zu kümmern. Er sprach seinen alten Schulkameraden Weldishofer an, der ihm immer wieder geholfen hatte und auch mit der Bezahlung mit sich reden ließ.

»Fahr ihn einmal auf die Hebebühne«, wies ihn der Mechaniker an.

Daxenbichler manövrierte sein Auto auf die Hebebühne und stieg wieder aus. Der Kfz-Meister schaltete die Hydraulik ein und ließ das Fahrzeug in die Höhe schweben.

»Da schau. Das Rohr zum Schalldämpfer hat vor der Verbindungsstelle einen länglichen Riss. Das muss geschweißt werden, wenn dir nicht auf der Strecke das Rohr abreißen soll.«

Daxenbichler wusste, dass eine noch spätere Reparatur teurer werden würde, als was ihm jetzt bevorstand.

»Wenn du mithilfst, sparst du dir das Geld für einen weiteren Mechaniker.«

Der Meister löste die Rohrschellen, an denen das Verbindungsrohr und der Auspuff befestigt waren. Gemeinsam nahmen sie das Teilstück des Auspuffs ab und legten es auf die Werkbank. Der Mechaniker legte unter das Auspuffrohr eine nicht brennbare Platte und begann mit einem Elektroschweißgerät langsam eine Naht entlang der schadhaften Stelle zu ziehen.

»So, das hält. Jetzt lassen wir die Schweißstelle noch abkühlen.«

Nach getaner Arbeit erzählte der Weldishofer, dass er erst draußen beim Gschwendner zu tun gehabt hätte und berichtet von der Situation, die er dort vorgefunden hatte:

»Ja, die Hanni hat's jetzt auch schwer. Kein Mann und wenig Geld im Haus. Ich warte auch noch auf mein Geld für eine Schweißarbeit am Traktor-Anhänger.«

»Is so schlimm mit der Hanni?«

»Anscheinend schon«, gab der Mechaniker kurz zurück. »Der Unfall von ihrem Peter hat sie ganz schön hineingerissen. Und die Situation da draußen, so abgelegen, ist heute auch nicht mehr das, was es einmal war. Die Gäste im Gasthaus sind seit dem Tod vom Steininger Peter immer weniger geworden. Erst sind seine Bergfreunde, falls sie überhaupt welche waren, weggeblieben, dann haben sich die Kegler in das neue Kegelzentrum im Ort zurückgezogen, und jetzt kommen auch die Schützen nicht mehr zu dem veralteten Schießstand neben der Wirtschaft, weil sie in einem neuen Vereinsgebäude untergekommen sind. Arme Hanni!«

»Ja, Veränderungen gibt's überall, aber dass es gar nimmer umgehen will?«

»Sie wird einige Sachen vom Haus, wenn nicht gar alles, verkaufen müssen. Und, als sie mir das beiläufig sagte, hat sie gemeint, ich soll dich einmal ansprechen, ihr einiges an alten Dingen abzunehmen.«

»Was i'? Was soll denn des zum Beispiel sein?«

»Zum Beispiel eine alte, bemalte Truhe, die schon ewig im Flur des Gschwendnerhofes herumsteht.«

»Ja so, aber des müsst' ich mir zuerst amol anschaun.«

»Fahrst halt amol naus zum Gschwendner und zur Hanni.«

Weldishofer senkte die Hebebühne ab.

»Jetzt lass den Motor an.«

Daxenbichler tat, wie ihm aufgetragen wurde.

»Und er läuft sanft und still wie ehedem«, sagte der Mechaniker mit Stolz.

94

»Ich danke dir. Ich müsste noch einige Scheine im Geldbeutel haben. Heute ging's mit dem Zahlen.«

»Das ist aber ein Wort. Das lass' ich mir gefallen.«

Daxenbichler zahlte einen Betrag, der ein wirklicher Freundschaftspreis war.

»Also zum Gschwendnerhof fahr' ich schon amol naus«, sagte Daxenbichler und fuhr zufrieden vom Werkstatthof.

Jetzt konnte er selbst wieder einmal auf dem Flohmarkt in der Nachbarkreisstadt einen Stand betreiben. Er stellte hier vorwiegend religiöse Dinge aus. Darauf wollte er sich auch heute beschränken. Gebet- und Gesangsbücher, Rosenkränze, sein Standkreuz vom Wangerhof sowie seine Heiligenbilder in Hinterglasmalerei legte er etwas aufgelockert auf seinen Ausstellungstisch.

Schaulustige und Sammler kamen vorbei, warfen einen oberflächlichen Blick über das Angebot, viele zog es weiter, manche blieben stehen, fragten nach den Preisen, andere nahmen einen Gegenstand in die Hand, um ihn genauer zu betrachten. Ein Interessent mit seiner weiblichen Begleitung schien es besonders auf das Holzkreuz mit dem Gekreuzigten abgesehen zu haben.

»Was soll das Standkreuz kosten?«

»90 Mark.«

»Ich würde Ihnen 50 Mark geben«, sagte er zu Daxenbichler.

Er wandte sich an die Frau neben ihm: »Es ist schlicht, ebonisiertes Holz, ein einfacher Plastikkorpus. Mehr ist es nicht wert. Ob der Fuß echt Silber ist, ist fraglich.«

Daxenbichler wurde stutzig bei dem Begriff „ebonisiert".

Hatte der Typ vielleicht Ahnung von diesen Dingen oder war es nur ein Wichtigtuer vor seiner Begleitung?

Der Mann drehte das Kreuz immer wieder zwischen seinen Fingern, hob es hoch und betrachtete es von allen Seiten. Ein anderer Mann, etwas zu vornehm für den Flohmarkt gekleidet in einem dunkelblauen Lodenman-

tel, sah im Vorbeigehen, wie der Kunde das Kreuz hochhob und hin und her drehte. Er hielt inne und kam an
den Stand.

»Darf ich das Kreuz auch einmal sehen?«

Der erste reichte es ihm mit einem verwunderten Blick.

Da sich Daxenbichler nicht verhandlungswillig gegen-
über dem ersten Kunden zeigte und im Preis nicht nach-
gab, zuckte der vermeintliche Käufer mit den Schultern,
zog seine Begleiterin am Arm mit sich und entfernte sich
an die Frau hin maulend vom Stand.

Daxenbichler war  zurückhaltend geworden, als auch der
neue Kunde den Preis wissen wollte.

»Was würden Sie denn dafür bezahlen?«, stellte er die
Gegenfrage, die ansonsten unüblich war.

»400 Mark«, sagte der Mann knapp.

Daxenbichler verschlug es die Sprache.

»Aber ich muss sagen, ich hab den Großteil meines
Budgets heute schon verbraucht. Aber ich bitte Sie um
eins, verkaufen Sie das Standkreuz nicht, wenn Sie auf
einen guten Preis nicht verzichten wollen. Hier ist meine
Karte. Besuchen Sie mich in Mittenwald, natürlich mit
dem Kreuz.«

Daxenbichler las die Visitenkarte.

---

**Roland Schneider**
Antiquitäten
8101 Mittenwald / Obb.
Hauptstraße 17
Tel. 08823/5386

---

Er schaute den Mann an und sagte: »O.K. Danke. Gut,
ich werde Sie besuchen!«

Daxenbichler war wie elektrisiert. Was könnte an dem Holzkreuz so wertvoll sein, dass es von diesem Händler höher eingeschätzt wurde, als was er davon bisher gehalten hatte. Hatte er etwas übersehen? Er nahm das Kreuz vom Tisch und verpackte es in seiner Kiste unter dem Tisch.

Da der Tag nur mit einem geringen Umsatz verlaufen war – er verkaufte nur zwei Hinterglasbilder und ein altes Gesangbuch – war er gespannt, was er in den alten Versteigerungskatalogen, die er im Laufe der Zeit nebenher gesammelt hatte, finden könnte, die ihm den Wert des Kreuzes erklären könnten. Daher trat er schon bald, noch vor Ende der Flohmarktzeit den Heimweg an.

Zu Hause durchstöberte er alte Schriften und Kataloge. Er fand ähnliche Kreuze. Da er verunsichert war, rief er seinen Kollegen an, den mit dem grauen Pferdeschwanz, und bat um dessen Hilfe.

Werner Leberecht war sehr interessiert an dem Holzkreuz und wollte wissen, woher es stammte und was Daxenbichler darüber wisse. Daxenbichler schlug entsprechende Seiten aus verschiedenen Auktionskatalogen auf.

»Schau, da ist so ein ähnliches Objekt. Dieses Kreuz ist aus Ebenholz, der Sockel ist aus Silber und der Körper des Gekreuzigten, das ist kein Kunststoff. Schau dir nur die Risse an, das muss Elfenbein sein. Schau in der Objektbeschreibung wird meine Einschätzung bestätigt. Und auch dein Kreuz ist alt und ich denke, es ist wertvoll.«

»Was könnte es wert sein?«

»Es kommt jetzt auf das genaue Alter und auf die Provenienz an.«

»Du meinst, woher es stammt.«

»Ja, aus einem Kloster oder aus einer Schlosskapelle.«

»Gut, aber das kann ich den, von dem ich das habe, nicht fragen.«

»Dann wird es schwierig.«

»Und was mach ich jetzt damit?«

»Genau taxieren lassen und dann verkaufen.«

»Gut, sobald ich Zeit habe, fahr' ich nach München. Ich muss erst herausfinden, wohin und an wen ich mich wende.«

Daxenbichler hatte von dem Kunden, von dem er die Visitenkarte erhalten hatte, nichts gesagt. Zu dem wollte er als erstes dort hin, um zu sehen, wie der das Kruzifix einschätzte. Den Besuch in Mittenwald wollte Daxenbichler möglichst bald durchführen und erschien daher bereits eine Woche später im Antiquitätengeschäft des Herrn Schneider.

»Ich habe gewusst, dass Sie kommen werden. Nicht jeder könne Ihnen so ein Angebot für das Kruzifix machen, wie ich es kann. Aber ich bin froh, dass Sie jetzt kommen, denn ich habe bereits einen potentiellen Kunden, dem ich davon erzählt habe.«

Daxenbichler packte das Kreuz aus und stellte es auf die Glasplatte des Verkaufstisches.

»Ich denke, es ist besser, Sie folgen mir in mein Büro. Wenn ich vorausgehen darf? Kommen Sie!«

Daxenbichler folgte dem Händler in das Büro und bekam dort einen Sessel angeboten. Jetzt stellte er das Kreuz in die Mitte des runden Tischchens.

»Wie ich schon sagte, ich habe einen Interessenten, der sich auf mein Urteil verlässt. Es ist ein hoher geistlicher Würdenträger, mehr möchte ich und darf ich nicht sagen.«

Daxenbichler konnte nur verunsichert einen unverständlichen Brummlaut des Verstehens von sich geben.

»Sie haben sicher schon herausgefunden, dass das Kruzifix einen erheblichen Wert besitzt. Es ist fast ein museales Stück. Nichts für den einfachen Handel und schon gar nicht für den Flohmarkt.«

»Dann sehen Sie es also auch so: Das Kreuz ist ein Altarkreuz aus Ebenholz, der Gekreuzigte ist eine Elfenbeinschnitzerei, der Fuß ist Silber oder zumindest versilbert.«

»Gut, dann brauch' ich nicht mehr viel dazu zu sagen. Vielleicht noch, dass es aus dem 16. Jahrhundert stammen müsste. Jedenfalls, um es kurz zu machen, biete ich Ihnen 3 000 Mark.«

Daxenbichler verschlug es die Sprache und es wurde ihm plötzlich ganz heiß.

»Mein langjähriger Kunde verlangt selbstverständlich absolute Diskretion, der Verkauf darf nirgendwo öffentlich gemacht werden.«

Daxenbichler schluckte und traute sich jetzt nicht, den Preis in Frage zu stellen.

»Ich glaube, ich mache keinen Fehler, wenigstens keinen großen, wenn ich Ihnen das Kreuz zum genannten Preis verkaufe.«

»Gut, dann machen wir das Geschäft.«

Daxenbichler erhielt sechs Scheine, die der Händler griffbereit aus der Schreibtischschublade hervorzauberte.

»Und wenn Sie wieder einmal etwas Ausgefallenes, etwas Außergewöhnliches haben, scheuen Sie sich nicht, mich zu besuchen. Meine Karte haben Sie ja.«

Auf der Rückfahrt spielte Daxenbichler mit dem Gedanken, was wohl passiert wäre, wenn er versucht hätte, den Preis hochzutreiben.

»Scheiß drauf! Mir reicht's doch!«

16

Wenige Tage später machte sich Daxenbichler mit seinem VW Variant, bei dem nun der Auspuff wieder unauffällig klang, auf den Weg hinaus zum Gschwendnerhof, um sich ein Bild zu machen über das mögliche Kaufangebot für eine Truhe und über die wahre Situation der Hanni.

Hanni und Daxenbichler kannten sich nur flüchtig, denn die Hanni ist sieben Jahre älter als der Franz und somit fast schon aus einer anderen Generation. Als die Hanni und der Steininger Peter heirateten, war der Franz erst 15 Jahr alt und noch ein Jugendlicher.

»Ja, Hanni, früher hab' ich dich bewundert, als du so einen Bergfex wie den Peter geheiratet hast. Dann haben wir uns aus den Augen verloren und ich bin nur noch selten zu euch raus ins Wirtshaus gekommen. Es sind doch einige Jahre vergangen.«

»Ja, es ist schon schad. Du warst immer so ein freundlicher, lustiger Typ.«

»Jetzt bin i halt raus kemma, weil mir der Weldishofer einen Tipp gegeben hat, dass du was zum Verkaufen hättst.«

»Ich kenn' halt koin andern und i hätt' auch kein Vertrauen zu einem andern, der mir die Truhe abkaufen könnt. Schad is scho, denn daran hängen viele Kindheitserinnerungen.«

»Die hier im Flur, is des die Truhe?«

»Ja, es geht mir schon ans Herz«, sagte die Hanni, als sie gemeinsam mit Daxenbichler die Truhe im Hausflur betrachteten.

»Aber es geht halt nicht anders!«, sagte die Hanni bedrückt.

»Schön bemalt und nicht einmal arg bestoßen, wo sie doch immer im Gang g'standen is«, sagte Daxenbichler.

»Die steht schon lange hier, länger als ich denken kann, fast 150 Jahre. Meine Leut' ham immer gut drauf aufpasst. Was würdest du mir dafür geben.«

Daxenbichler überlegte mit wiegendem Kopf und zusammengekniffenen Lippen.

»300 Mark«, sagte er schließlich.

»Ich hab' keine Ahnung, was so etwas wert ist, aber ich glaube, dass du mich nicht übers Ohr haust.«

»Dich doch net«, versicherte ihr Daxenbichler treuherzig.

»Also abg'macht, 300.«

»Lass dir von den Holzarbeitern, die in der Gaststube sitzen, beim Aufladen helfen.«

»Denen muss ich wohl dann noch ein Bier ausgeben?«, mutmaßte Franz.

Hanni nickte nur kurz.

»In der Stube schau einmal an die Wand, da hängt zwischen den Fenstern auf der linken Seite ein Wandschränkchen. Das war dem Peter sein Lieblingsstück, das hat er, als er hier eingeheiratet hat, mitgebracht, ein altes Erbstück aus seiner Familie. Da drin hat er Bergkarten und Beschreibungen von Kletterrouten aufbewahrt. Für mich hat es jetzt seinen Sinn verloren. Ich will nicht dauernd daran erinnert werden«, erläuterte Hanni.

Drinnen in der Wirtsstube bat der Franz zwei Waldarbeiter um ihre Hilfe. Leicht murrend, da sie sich in ihrer Mittagspause gestört sahen, erhoben sie sich von ihren Plätzen und gingen in den Hausflur hinaus.

»Auf'n Anhänger nauf, oder?«, sagte der eine, obwohl es keine andere Verlademöglichkeit gab.

»Ja, klar doch, des habt's doch glei!«, rief Franz den Helfern zu und blieb noch in der Wirtsstube.

Während zwei der Holzarbeiter die Truhe zum Auto vom Daxenbichler trugen und sie auf den Anhänger hoben, besah er sich das Wandkästchen.

»Des datzt jetzt au gern mitnehma«, rief einer der verbliebenen Arbeiter dem Daxenbichler provozierend zu.

Dieser sagte nichts und blickte nicht einmal in die Richtung des Arbeiters. Er schaute sich das Kästchen gründlich von allen Seiten an, aber er wagte es nicht, es zu öffnen, obwohl der Schlüssel steckte.

»Da drunter sind sie immer g'sessen, der Steininger Peter und seine Freind, wenn sie eine Bergtour plant ham«, rief der andere Arbeiter zu Daxenbichler hinüber.

»Jetzt sitzt koiner mehr do«, sagte der erste.

»Des war'n sauberne Freind«, ergänzte der andere bissig.

Es war Daxenbichler peinlich, der Hanni jetzt auch dieses Kästchen einfach von der Wand weg abkaufen zu wollen. Er verschob in seinen Überlegungen den Kauf, zahlte Hanni die vereinbarte Summe für die Truhe, stieg in sein Auto, winkte kurz durch die heruntergelassene Seitenscheibe der Frau zu und rief:

»Ich komm' schon wieder, Hanni. G'wies!«

17

Daxenbichler fuhr am Wochenende vor Palmsonntag ins württembergische Allgäu, um sich dort auf einem Antik-Markt umzusehen und zu erkunden, was in anderen Regionen Süddeutschlands auf dem Markt zu finden ist.

Er sah etwas andere Möbelstile, andere Kommoden, Tische, Stühle und Schränke. Daxenbichler entdeckte dort einen auffälligen Bauernschrank, recht breit und wuchtig.

»Den kann ich gar nicht richtig transportieren«, sagte Daxenbichler zu dem Händler, der auf ihn zukam.

Der Händler öffnete lächelnd die beiden großen Türen des Schrankes.

»Schauen Sie, der Boden und der Deckel des Schranks sind mit Keilen verbunden, quasi zusammengeklammert. Löst man die Keile, so hat man zwei Hälften, ideal für den Transport, früher wie heute.«

»Das ist ja genial. So krieg ich ihn auch auf meinen Anhänger.«

»Die etwas breitere Form der Schränke zwangen die Hersteller zu diesem besonderen Merkmal: Die Teilbarkeit in zwei Hälften«, erklärte der Händler.

Doch Daxenbichler war noch nicht vollständig überzeugt. Er sah sich weiter um.

Ein Stück auf seinem Rundgang weiter wurde ein anderer Schrank angeboten. Er las auf dem Schild, das am Türschloss hing:

„Seltener grün bemalter barocker Bauernschrank, zweitüriger, teilbarer Korpus mit aufgesetztem Gesims (ergänzt); Malerei, stellenweise übergangen; originales handgeschmiedetes Kastenschloss und ebensolche Türbänder.

Maße: H: 193 cm, B: 171 cm, T: 65 cm."

Ein anderes Angebot sah er sich genauer an. Dort stand geschrieben:

„Zirbelholz-Schrank., Tirol, Ende 18. Jh., sehr seltener bäuerlicher Barockschrank in massivem Zirbelholz, mit aufgesetzten verkröpften Kassettenfeldern und abgeschrägte Ecken mit Ornamentfeldern; originale Inneneinrichtung mit Mittelbrett, Regalböden und Schub; originales handgeschmiedetes Kastenschloss Maße: H:162 cm, B: 131 cm, T: 50 cm".

Daxenbichler war nun gezwungen abzuwägen, was für ihn erschwinglicher und auch schnell verkäuflich war. Er traf letztlich die Entscheidung, doch den etwas ausgefallenen teilbaren Schrank zu kaufen. Er hatte damit so eine eigene Idee.

Als der Schrank auf recht schnelle Weise in zwei Teile zerlegt war, erspähte Daxenbichler in einer Ecke an der Wand, die vorher zugestellt war, eine Wanduhr. Die besondere Funktion der Uhr zog sofort seinen Blick darauf. Das große Pendel, größer als bei vielen anderen Wanduhren, war das erste Merkmal, was ihm auffiel. Und das Pendel schwang vor den Gewichten, anders als bei anderen Uhren, bei denen die Gewichte vor dem Pendel hingen. Der Händler rühmte noch die einmalige Solidität der Uhr mit dem robusten, zuverlässigen Werk mit der Ankerhemmung. Das Ziffernblatt zeigte ein Emblem mit einem von Strahlen umgebenen Kopf, der auch Sonnenkopf genannt wird.

»Es ist aus gedrücktem Messingblech«, erklärte der Händler und zeigte auf die Zifferblattumrahmung.

Daxenbichler war überzeugt, einen guten Kauf getätigt zu haben, als er den Handel mit der Uhr, dem Pendel und den Gewichten, die dazugehörten, abschloss und zu seinem Auto ging.

Mit seinem teilbaren Schrank, der sorgfältig mit einer Plane abgedeckt und mit Gurten so gesichert wurde, dass der Fahrtwind auf der langen Strecke keinen Schaden anrichten konnte, fuhr Daxenbichler ohne ihn nochmals abzuladen zu einem heimatlichen Betrieb, dort wo er einstmals den Handwerksberuf eines Schreiners erlernt hatte.

»Hallo Franz, was hast du denn damit vor?«, fragte der Firmeninhaber, als er Daxenbichler vor seiner Werkstatt vorfahren sah.

»Ich will den Schrank duplizieren. Da staunst du.«

Er deutete mit der ausgestreckten Hand auf den noch verdeckten Schrank auf dem Anhänger.

»Was willst?«, fragte der Schreiner erstaunt.

»Ich hab mir vorgestellt, jede Hälfte des Schranks zu ergänzen, so dass ich am Ende zwei Schränke  habe«, erklärte Daxenbichler und deckte die Plane ab.

»Klingt nicht schlecht. Bloß ich sag' dir, dass du letztlich keine Mark mehr gewinnst, als wenn du den alten Schrank gleich so verkaufst. Deine Duplizierung, wie du sagst, kostet dich vielleicht mehr, als am Ende für dich herausspringt.«

»Bist du dir sicher?«

»Ich glaub schon, Franz. Ich sag dir das als alter Meister und Freund, lass es besser nicht darauf ankommen. Du schadest dir nur selber.«

»Gut, ich überleg es mir nochmals«, sagte der Franz und war in seinem Vorhaben verunsichert. Er deckte den Schrank wieder mit der Plane ab und zurrte  ihn fest.

Mit zwiespältigen Gedanken, wie er mit dem Schrank verfahren sollte, trat Daxenbichler seine Heimfahrt an. Vielleicht hatte der Schreinermeister doch Recht. Den Schrank als Einzelstück konnte er immer noch verkaufen, wenn die kleineren Schäden daran repariert waren. Daxenbichler stellte sein Auto mit dem Anhänger im Hofraum neben dem Wohnhaus ab. Er prüfte den Sitz der

Plane, welche die Fahrt gut überstanden hatte. Von der Rückbank seines VW Variant holte er die Comtoise-Uhr mit dem Prachtpendel und schloss das Fahrzeug ab. Dann ging er ins Haus, um in der Küche nachzusehen, ob noch etwas Essbares für ihn übrig war. Natürlich war etwas übrig. Fürsorglich wie immer hatte seine Mutter an den Hunger ihres Sohnes gedacht.

Am nächsten Morgen wollte er den Schrank abladen und ihn in die Scheune stellen. Der Bierling Kaspar, ein Frührentner, könne ihm dabei helfen. Der Nachbar saß gewöhnlich am Morgen vor der Türe auf einer Holzbank und rauchte. Er rauchte viel und für eine Schachtel Zigaretten war er gern zu einer Hilfeleistung bereit. Falls er ihn nicht antreffen sollte, würde er ihn herausläuten, denn er wusste, dass der Nachbar das Haus nur selten verließ. Der Tag war auch aufgrund der Autofahrt entlang der Voralpen anstrengend gewesen. So war Daxenbichler nach dem Resteessen in der Küche seiner Mutter bald in seinem Zimmer verschwunden und es dauerte nicht lange bis er, kaum dass er sich für die Nacht hergerichtet hatte, eingeschlafen war.

Gähnend trat Daxenbichler, nachdem er das Bett verlassen hatte, am nächsten Morgen ans Fenster, von dem man aus seinem Zimmer in den Hof hinunter und hinüber zum Nachbarhaus blickte. Der Nachbar saß noch nicht rauchend vor der Türe. Franz streckte seine Arme in die Höhe, doch als er in den Hof hinuntersah, verharrte er wie gelähmt, denn was er sah, veranlasste ihn, sich hektisch die verklebten Augen zu reiben. Das Auto stand mit dem angekuppelten Anhänger unten, so wie er es abgestellt hatte, doch die Ladefläche des Anhängers war leer. In aller Eile schlüpfte Daxenbichler wie ein Feuerwehrmann in Bereitschaft in seine Kleider und seine Schuhe. Er rannte polternd die Treppe hinab. Seine

Mutter rief überrascht aus der Küche: »Franz, was ist denn los?«

»Nix«, rief Franz zurück, obwohl ihm rasch in den Sinn kam, dass das nicht der Wahrheit entsprach. Er stürzte aus dem Haus, rannte zum Anhänger und sah nun ganz aus der Nähe die leere Ladefläche. Er ging um den Anhänger herum und riss die Abdeckplane hoch, die daneben lag. Er glaubte wohl selber nicht, dass sich darunter noch etwas verbergen könnte und warf sie enttäuscht wieder zu Boden.

»Mei Schrank, mei Schrank is weg. Wo is mei Schrank?«, rief er verzweifelt. Eine hilflose Wut stieg in ihm auf. Er rannte zur Hofeinfahrt und schaute die Gasse hinauf und hinunter. In seiner Irrwitzigkeit hoffte er, dass er den Schrank irgendwo noch entdecken könnte.

Er dachte an einen Streich von Jugendlichen. Doch er sah gleich darauf ein, dass diese Aktion unsinnig und vergeblich gewesen war. Geknickt trottete er nun zum Haus zurück und riss beim Vorbeigehen an der Beifahertüre des Autos. Verschlossen. Beim Blick durch die Seitenscheibe sah er sie am Boden vor dem Beifahrersitz liegen: die vier Keile und die beiden eineinhalb Kilo- Gewichte, die er dort abgelegt hatte. Die waren ihm geblieben.

Er ging die Treppe hinauf und wurde von seiner Mutter weiter befragt. Sie hoffte, dass sich Franz jetzt wenigstens zum Frühstücken niederlassen werde.

Franz antwortete genervt: »Jetzt nicht, Mutter, vielleicht später, wenn ich wieder da bin. Ich muss zur Polizei. Die ham mich beklaut, die Schweine!«

»Was ist denn gestohlen worden?«, fragte die Frau Daxenbichler.

»Mei Schrank, den i gestern erst kauft hab. I geh zur Polizei. I geh z' Fuß!«

Er stopfte sich das Hemd, das noch herunterhing in die Hose, griff sich seine Jacke vom Haken im Flur. Er zog seine Brieftasche aus der Innentasche und durchsuchte sie nach seinem Personalausweis. Zum Glück steckte das graue Büchlein immer an der gleichen Stelle. Vermutlich würde er den Ausweis vorzeigen müssen.

Auf dem Weg zur Polizeistation verrauchte seine Wut kaum. Aber das Laufen half ihm ein wenig, sich abzureagieren.

Daxenbichler atmete tief durch bevor er die Polizeistation betrat.

»Grüß Gott!«, rief er beim Eintreten fast zu laut und schaute, wer sich hinter dem Tresen befand. Zu seinem Glück entdeckte er einen Bekannten, den er vom Sportverein her kannte, ein älterer Beamter, an den er sein Anliegen richten wollte, das beruhigte ihn etwas.

»I bin beklaut worden, Walter«, sagte er seinen Blick auf den älteren Hauptwachtmeister gerichtet.

Der Angesprochene stand auf und kam nach vorne.

»Der Franz, der Daxenbichler Franz. Was ist denn passiert?«

»Beklaut ham's mi.«

Der Beamte zog unter seinem Tresen ein Formblatt hervor und sagte: »Ganz langsam und der Reihe nach.«

Der Beamte sprach vor sich hin und schrieb:

»Daxenbichler Franz, 8100 GAP, die Straße stimmt noch? Hausnummer?«

»5«, ergänzte Franz.

»Bestohlen bist also worn. Einbruch?«

»Na, koi Einbruch. Einfach runter von meim Anhänger geklaut.«

»Was is gestohlen worden?«

»Ein Schrank. Ein Wäscheschrank, genauer zwei Schrankteile, die hälftig zerlegt waren.

»Also zwei Teile eines Schrankes«, murmelte der Beamte schrieb es nieder.

108

»Der Schrank befand sich demnach nicht in einem verschlossenen Gebäude. Nicht im Laden und nicht in deiner Scheune, wenn ich das richtig verstanden habe.«

»Genau«, bestätigte Franz.

»Also befand sich der Schrank auf dem Anhänger. Den ganzen Tag oder auch über Nacht?«

»Leider über Nacht. Aber er war mit einer Plane abgedeckt.«

»Das ändert nichts. Es ist ein einfacher Diebstahl. Wer kommt da als Täter in Frage?«

»Das weiß ich doch net. Jedenfalls müssen es zwei gewesen sein, mindestens.«

Franz hatte immer noch eine Stinkwut.

»Wie könnten die Diebe vorgegangen sein?«

»Abladen, aufladen, wegfahren. Ganz simpel.«

»Franz, du bist ein Simpel, den Schrank einfach im Hof herumstehen zu lassen.«

»Aber er war abgedeckt und verzurrt!«, antwortete Franz trotzig.

»Abgedeckt oder nicht. Verzurrt oder nicht. Das macht keinen großen Unterschied.«

»Wo könnte der Schrank jetzt sein?«

»Mei wo? Keine Ahnung. Vielleicht irgendwo in einem Stadel oder einer Halle. Oder er ist schon über die A95 auf dem Weg nach Norden und über alle Berge.«

»Berge kommen da keine mehr«, dem Beamten rutschte der Scherz so heraus.

»Einen Gschpaß kann ich jetzt net brauchn«, zischte Franz verärgert.

»Tut mir leid, Franz, das sieht nicht gut für dich aus.«

Der Beamte wurde wieder sachlich: »Was ist der Schrank eigentlich wert?«

»Gestern hab ich dafür 500 Mark bezahlt.«

»Bist du versichert?«

»Ich glaub net. Sicher net. Des rentiert sich für mich net.«

Der Beamte drehte das Formblatt dem Daxenbichler zu, nachdem er Ort und Datum vermerkt hatte.

»Hier unterschreiben«, sagte der Beamte und deutete mit seinem Zeigefinger auf ein Linie im unteren Teil des Formblattes hin.

»Das war's?«, fragte Franz erstaunt. Er hatte auf eine intensive Polizeiaktion gehofft.

»Ja, das war's!«

»Und was g'schieht jetzt?«

»Nichts, wir hören uns um und wenn wir etwas erfahren, melden wir uns bei dir.«

Franz wollte sich schon umdrehen, da sagte der Beamte: »Halt, Franz! Der Durchschlag gehört noch dir.«

Verärgert nahm Franz den Durchschlag des Schreibens von Tresen und stopfte ihn in seine Jacke.

»Und no was, Franz, pass auf dei Graffl besser auf.«

»Danke für den Rat«, gab Franz an den Beamten geknickt zurück. »Servus Walter, vielleicht ham 'mer Glück, obwohl i net dran glaub.«

»Servus Franz. Und grüß mir deine Mutter.«

Missmutig lief Daxenbichler wieder den Weg zu seinem Laden zurück, permanent still vor sich hin fluchend. Er wusste nicht, worüber er sich mehr ärgern sollte, über die Dreistigkeit der Diebe oder seine eigene Nachlässigkeit und Dummheit.

18

Es war ein schöner, warmer Sommertag, den Franz Daxenbichler im Biergarten bei der Hanni draußen im
Gschwendnerhof ausklingen lassen wollte, denn  die
Flohmärkte, die er besuchte, waren für ihn immer nur am
frühen Morgen interessant. Gleichzeitig kam ihm wieder
das alte Kästchen in der Wirtsstube in den Sinn. Aber er
wollte nicht aufdringlich erscheinen und setzte sich im
Biergarten an den zweiten großen Holztisch, denn der
erste war durch ein Schild mit der Aufschrift  „Stammtisch" für besondere Gäste ausgewiesen.
Ohne zu zögern, fragte er bei den beiden Gästen, die
schon am anderen Tisch saßen, nach, ob er bei ihnen
Platz nehmen dürfe. Es waren aufgeschlossene, ge-
sprächige Hausgäste des Gasthauses, wie sich gleich im
Gespräch herausstellte, die aus dem Ruhrgebiet stammten.
»Wir kommen schon viele Jahre hier her, früher sogar
mit den Kindern. Jetzt fahren die Kinder lieber alleine
weg, nach Mallorca. Aber wir bleiben dem Gschwend-
ner-Wirtshaus treu. Ruhig ist es hier und die gute Luft
erst. Bloß nicht Mallorca.«, plauderte die Frau los.
»Dann gehört Ihnen der Opel Kapitän auf dem Parkplatz
mit dem Kennzeichen „BO"«, schloss Daxenbichler,
denn es war das einzige Fahrzeug mit einer so weit entfernten Herkunft, das ihm gleich bei seiner Ankunft auf-
gefallen war.
»Ja, jenau, so is es. Jitz, wo die Pänz us em Hus sin, tät
uns eine kleine Keß auch jenügen, aber man jewöhnt
sich einfach an die Größe«, berichtete der Mann.
Lange zog sich das Gespräch mit den Gästen aus dem
Ruhrgebiet hin. Es wurde  über die Kohleproduktion dis-
kutiert, über  die Fußballvereine im Westen und über die

Wirtschaftskrise, die zur Großen Koalition unter dem Kanzler Kurt Georg Kiesinger geführt hatte.

Daxenbichler hatte bereits das dritte Weißbier und der Bochumer Gast zwang Daxenbichler eine Runde nach der anderen mit zusätzlichen Obstlern auf. Mit einem Mal hatte der anfangs trinkfeste Gast genug, er wurde ganz still und ließ sich von seiner Frau, die übellaunig auf ihren angetrunkenen Mann losschimpfte, aufs Zimmer führen. Er lallte noch etwas, was für Daxenbichler jedoch unverständlich war. Auch Daxenbichler merkte die Wirkung des Alkohols. Als er auf dem Weg zur Toilette auf den Stufen zum Gasthaus hinauf ins Stolpern geriet und anschließend nur mit Schwierigkeiten den geraden Weg zum Tisch zurückfand, an dem er nun alleine saß und dumpf vor sich hin blickte, bemerkte Hanni die unglückliche Situation. Als er aufbrechen wollte und die Hanni zum Bezahlen herbei rief, wurde er von ihr zurückgehalten.

»Franz, sei g'scheit. Fahren kannst heut nimmer. Bleib do. Morgen reden wir über das Kästchen.«

Franz wollte unbedingt aufbrechen.

»Franz, du bleibst do. I geb' dir a Zimmer und über die Rechnung von heut' Abend reden wir morgen«, sagte die Hanni bestimmt.

Immer noch widerstrebend ließ sich Daxenbichler in das Haus und in das Obergeschoß der Gaststätte führen.

»Franz, es is besser so. Morgen habe ich dir vieles zu erzählen.«

Es war schon ziemlich hell draußen, als Daxenbichler aufwachte. Er schaufelte sich mit den Händen das eiskalte Wasser ins Gesicht und über den Kopf, das er aus einer Schüssel schöpfte, von der er nicht wusste, wer sie gefüllt und wer sie gebracht hatte. Mit dem Handtuch rubbelte er seine Haare trocken. Auf dem Waschtisch stand eine Flasche Mundwasser, aus der er sich mit

Widerwillen einen Schluck in den Mundraum goss und dann kräftig gurgelte. Den aufkommenden Brechreiz konnte er gerade noch unterdrücken. Er zog das Gewand vom Vortag an, öffnete das Fenster zur Hangseite des Hauses und sagte vor sich hin:

»Ich weiß gar nicht mehr, was gestern mit mir los war. Vielleicht weil ich nichts im Magen hatte. Des hat mi aus der Bahn bracht.«

Verkatert, mit verwirrten Haaren kam Daxenbichler aus seinem Zimmer herab in den Gastraum, der leer war. Es war bereits 10 Uhr geworden, und alle Gäste waren schon außer Haus.

Hanni hatte ihn schon erwartet und dirigierte ihn zum Ecktisch in der Nähe der Theke.

»Setz dich daher, gleich gibt's a Frühstück.«

Ohne Widerstreben zu zeigen, ließ er sich auf dem zugewiesenen Platz am Tisch nieder. Ein besonders starker Kaffee brachte ihn halbwegs wieder zu klarem Denken. Von dem was ihm Hanni noch hingestellt hatte, Brot, Butter, Wurst und Marmelade, nahm er nichts. Er traute seinem Magen nicht.

»Es tut mir leid, dass ich gestern so brutal wegbroch'n bin. Ich weiß nicht mehr viel.«

»Franz, so wie es dir heute körperlich geht, so geht es mir privat und geschäftlich schon eine ganze Weile.«

Franz schaute sie mit trüben Augen und gerunzelter Stirn an.

»Des versteh' i net«, sagte Daxenbichler und blickte mit ausdruckslosen Augen zum Fenster.

»Seit der Peter tot ist, geht das Geschäft immer mehr bergab. Meine alte Mutter kann mich auch nicht mehr lange unterstützen. Alles bleibt an mir hängen. Ich schaff' es bald nicht mehr. Morgen kommt meine Schwester aus Bad Tölz, die hat sich wieder einmal mit ihrem Mann zerstritten, aber nur darum kommt sie zu mir. Das hatten wir schon einmal, da ist sie dann nach drei Wochen wieder zurückgegangen. Das wird dies Mal nicht anders sein. Dann bin ich wieder allein und restlos aufgeschmissen.«

»Das wusste ich alles gar nicht.«

»Franz, es g'hört halt a g'scheite Hilf' ins Haus.«

»Hanni, ich bin voll überrascht. Wie kann i dir helfen?«

Hanni reagierte nicht auf die Frage. Sie versuchte ihre Gedanken zu verdrängen.

»Es tut mir leid, wenn ich dich überrumpelt hab. Es sind ja nicht deine Sorgen.«

»Es berührt mich schon, aber ich muss noch nachdenken, wie ich dir helfen kann«, sagte Daxenbichler mit schwerem Kopf.

»Franz, du bist mir nicht egal. Mehr noch. Es gibt net viele, die nach einer Witfrau, die noch dazu sieben Jahre älter ist, Ausschau halten.«

Das forderte den Protest des jungen Manns heraus:

»Des is für mi koi Argument. Des zählt net. Weder die Witfrau einerseits noch der Altersunterschied andererseits«, protestierte Daxenbichler.

»Ich merk doch schon länger, dass ich dir net ganz egal bin. Ich komm ja auch net nur wegen den alten Möbeln.«

»Franz, mir läuft die Zeit davon. Bald muss ich alles verkaufen, nicht nur ein paar Möbel und andere Sachen aus dem Haus.«

»Nix muss verkauft wer'n. Des braucht's net«, Daxenbichler entdeckte seine fürsorgliche Seite.

»Franz, ich weiß, du hast dein Geschäft und du bist vollauf damit beschäftigt.«

»Ich muss erst wieder klar werden. Aber ich bleib' an der Sach' dran. Was bin ich dir schuldig?«

»Es ist mir net angenehm, das zu sagen, aber mir würden 20 Mark reichen. Und das Kästchen ….«

»Des lass no hänga. Ich muss jetzt los. Ich muss heut' no nach mei'm Laden schau'n. Trotzdem dank i dir recht schön, dass du mi gestern auf d' Nacht hier übernachten

114

hast lass'n. Wenn i da in a Polizeikontrolle komma wär? Net aus zum Denken.«

Daxenbichler zahlte und ging zu seinem Auto.

»Franz, denk nach. I weiß, du bist a guate Haut. I dräng di zu nix.«

Sie legte ihre Hand auf seinen Arm, den er auf die Wagentür gelegt hatte und blickte ihn lange an.

»Ich komm wieder, versprochen. Wirklich!«, sagte er noch und startete den Motor.

Franz kam von da an jeden Freitagnachmittag. Seine Unterhaltungen mit der Hanni wurden, wenn sie beim Bedienen Zeit fand, immer länger. Später blieb er, wenn schon alle Gäste gegangen waren, noch im Gastraum und half beim Gläserspülen, Abtrocknen und Einräumen.

»Du bist ja schon ein richtiger Wirt«, rief Hanni gutgelaunt aus der Küche.

»Ganz schön viel Arbeit so ein Gasthaus. Du könntest doch auch einmal eine Pause vertragen«.

»Am Montag ist bei uns Ruhetag. Mehr können wir uns nicht leisten. Und an Urlaub schon gar nicht«.

»Nächste Woche muss ich geschäftlich nach Innsbruck, das könnten wir doch für einen gemeinsamen Ausflug nutzen«, schlug Daxenbichler vor.

»Das wär' schon eine feine Sach', dann käm' ich auch einmal heraus«.

»Gut, dann fahren wir am nächsten Montag nach Innsbruck. Ich hol' dich um sieben hier ab. Bist da scho auf?«

»Des war koi Ausnahm, in der Früh um sieben«, lachte Hanni. »Ich freu mich scho drauf! «

19

Wie ausgemacht, holte Daxenbichler am folgenden Montag die Hanni pünktlich vom Gasthaus ab. Der Weg nach Innsbruck war nicht weit, zuerst an Mittenwald vorbei, über den Scharnitz-Pass und den Zirlerberg hinunter ins Inntal. An der deutschen Grenze wurden sie nur durchgewunken und auf der österreichischen Seite kontrollierten die Grenzer vorwiegend Fahrzeuge aus weiter entfernten Gebieten.

Die Hanni war ganz glücklich und räkelte sich im Beifahrersitz.

»Endlich einmal aufstehen, ohne gleich arbeiten zu müssen.«

»Zuerst muss ich das Geschäftliche erledigen. Ich hoffe, das geht ganz schnell. Dann gehört der Tag uns«.

Der Fachmann, den er mit den Orden in der Tasche aufsuchte, war erfreut über diese Dinge, die Daxenbichler mitgebracht hatte. Er bewunderte sie sofort und erklärte die Gegenstände.

»Das hier ist die „Silberne Militärverdienstmedaille", Signum laudis, Franz Joseph I. mit Wiederholungsspange und Schwerter, eine AR - Medaille, punziert Hauptmünzamt Wien (A), starre Krone, am Band des Militärverdienstkreuzes.«

»Was bedeutet AR?«, fragte Daxenbichler.

»Das ist die Bezeichnung für Silber bzw. für eine Silberlegierung.«

»Dann eine Wiederholungsspange - AR punziert mit der Windhund-Punze, Firma Zimbler, Wien, mit aufgelegten goldenen Schwertern.«

»Was ist eine Wiederholungsspange?«, wollte Daxenbichler nun wissen.

»Wenn ein Ordensträger bereits eine Auszeichnung be-kommen hat, dann wird um das Ordensband eine Span-ge angesteckt, um die Wiederholung der Auszeichnung kundzutun.«

»Und was sagt die Windhund-Punze?«

»Es ist der Kopf eines Windhundes, sie bestimmt den Feingehalt einer bestimmten Epoche, hier 1867 – 1872 mit 800er Feingehalt.«

Daxenbichler hörte Dinge, die ihm bislang völlig fremd waren. Hanni stand schweigend daneben.

»Hier haben wir eine Auszeichnungsspange. Sie ist fünf-teilig.

Die erste ist eine silberne Tapferkeitsmedaille 1. Klasse, Kaiser Franz Josef I., punziert Hauptmünzamt Wien,

die zweite ist eine bronzene Tapferkeitsmedaille, Kaiser Franz Josef I. mit dem Bildnis Franz-Joseph I. nach rechts blickend, mit Backenbart,

die dritte ist das Karl-Truppenkreuz mit der Aufschrift „VITAM ET SANGVINEM", mit einem hellroten Band mit rot-weißen Seitenstreifen,

die vierte ist das Ehrenkreuz des Weltkrieges 1914 - 1918 für Frontkämpfer mit Herstellermarke,

die letzte ist das Jubiläumskreuz von 1908 mit einem roten Seitenstreifen durchzogenem Dreiecksband.«

»Der Träger muss ein verdienstvoller Soldat gewesen sein. Vielleicht ein Offizier. Was sind diese Orden heute wert?«, fragte Franz.

»Wertvoll sind die Orden heute nur noch für Sammler. Die Spange 1050 Schilling, der Orden 630 Schilling. Wollen Sie diese beiden Dinge hierlassen?«

Daxenbichler verkaufte dem österreichischen Händler die beiden Objekte und tauschte das Geld um. So konn-te er der Lederer-Oma ohne Abzug den Betrag von 240 Mark zurückbringen.

Jetzt hatten Franz und Hanni Zeit, sich interessante Gebäude in der Stadt am Inn anzusehen. Er führte Hanni in die Hofburg, um sich die Gemächer, die aus der Zeit Maria Theresias stammten, in einem Rundgang zu besuchen. Zuerst betraten sie die Hofkirche.

»So ein großes Grabmal hast du noch nicht gesehen«, betonte Franz.

Hanni war beeindruckt von den vielen überlebensgroßen Figuren, die in der Kirche standen.

»Das ist die Ahnengalerie von Kaiser Maximilian dem Ersten.«, erklärte Franz. »Es sind 28 Figuren. Ursprünglich waren 40 geplant.«

»Und in dem Grab liegt der Kaiser selbst«, schloss Hanni schnell.

»Leider nein. Das Grab ist leer. Es ist ein sogenanntes Kenotaph«, lachte Franz.

»Warum leer und was ist ein Kenotaph?«

»Maximilian starb auf einer Reise und er hatte verfügt in der St.-Georgs-Kapelle der Burg in Wiener Neustadt bestattet zu werden. Kenotaph ist nichts anderes als die Bezeichnung für ein leeres Grab. Erst sein Enkel, Kaiser Ferdinand I., ließ das Grabmal hier vollenden. Er ließ sogar die Hofkirche eigens für dieses monströse Grab errichten, denn eigentlich war das Grabmal für die Burg in Wiener Neustadt geplant. Die Einheimischen sagen "Schwarze Mander", weil die Bronze der Figuren mit Patina überzogen ist. Außerdem sind es nicht nur Männerfiguren, es sind auch Frauen darunter.«

Noch völlig benommen traten Franz und Hanni aus dem Dämmerlicht der Kirche auf die sonnenbeschienene Straße.

»Der Maximilian war sehr gerne und sehr oft in Innsbruck, hier konnte er jagen, klettern und fischen. Da war er weit weg von den Regierungsgeschäften.«

Ihr Weg führte sie in der Altstadt vor ein Gebäude mit einem spätgotischem Prunkerker, das „Goldene Dachl".

118

Es gilt als das Wahrzeichen der Stadt Innsbruck. Das Dach des Erkers wurde mit über 2500 feuervergoldeten Kupferschindeln gedeckt. Die Reliefs am Erker zeigen Maximilian mit seinen beiden Gemahlinnen, Kanzler, Hofnarr, Moriskentänzer und Wappen. Im Hintergrund der Reliefs sieht man ein Spruchband mit Zeichen, die bisher nicht entschlüsselt werden konnten.

»Wieso ist er mit zwei Frauen dargestellt. War er mit beiden gleichzeitig verheiratet?«, wollte Hanni wissen.

»Nein, er war zweimal verheiratet, nacheinander. Zuerst mit der Maria von Burgund, die nach fünf Ehejahren einen tödlichen Reitunfall hatte, dann mit der Bianca Maria Sforza, die vorher schon einmal verheiratet war und 1510 starb. Danach ließ er das Relief am Balkon anbringen. Deswegen sind beide Frauen abgebildet.«

Als Hanni von dem Unglück der Maria von Burgund hörte, wurde sie ganz verlegen und wollte rasch das Thema wechseln.

»Eine beeindruckende Stadt, so voller Geschichte, wir sollten wieder einmal herkommen«, schwärmte sie.

»Weit ist es ja nicht. Das wird schon noch einmal möglich sein, dann könnten wir das Schloss Ambras anschauen«, schlug Franz seiner Begleiterin vor.

In gelöster Stimmung kehrten sie zum Auto zurück. Sie nahmen den gleichen Weg wie bei der Hinfahrt, und Hanni legte ihren Kopf an die Schulter von Franz. Immer wieder nickte sie kurz ein, doch die Strecke war zu kurvenreich für eine längere Schlafphase.

Als Daxenbichler vor dem Gschwendnerhof, der vollkommen in der Dunkelheit dalag, das Auto anhielt, erwachte Hanni wie aus einem Traum:

»Sind wir schon da? Danke Franz, für diesen wunderschönen Tag.«

»Es war mir eine richtige Freude, einmal mit dir allein einen ganzen Tag zusammen zu sein«, gab Franz zurück.

»Franz, es ist nicht nur, dass ich einen ganzen Tag vom gewohnten Betrieb weg war, es war vor allem so schön, weil ich mit dir unterwegs war.«

An das Petschaft hatte Daxenbichler nicht mehr gedacht. Als er den Erlös für die Orden bei der Lederer-Oma vorbeibrachte, wollte er es mit den Kindern testen. Sie erwärmten das Siegelwachs, ließen einen Tropfen auf ein Stück Papier fallen und drückten das Siegel in das weichgewordene Material. Marina hob den Stempel wieder von der roten, zähen Masse ab. Nach dem Erkalten, was sehr schnell geschah, konnten sie den Abdruck besser sehen als auf dem spiegelverkehrten Stempel. Sie konnten ein Wappen ausmachen mit einem geteilten Schild. Aber Franz konnte das Wappen keiner Familie zuordnen. Auch die Lederer-Oma konnte sich nicht mehr an die adelige Verwandtschaft ihrer Herrschaft erinnern.
»Ihr könnt es aufheben oder einmal irgendwo verkaufen. Da es offiziell keine Adeligen in Deutschland und Österreich mehr gibt, ist auch das Siegel nahezu wertlos. Aber es gibt Leute, die sammeln auch so etwas.«
»Wir behalten es noch eine Weile. Gell, Oma«, sagte Marina.

20

Am Himmelfahrtstag im August war viel Betrieb im Biergarten, der Feiertag wurde von den Besuchern ausgenützt und viele Gäste hatten Urlaub. Und es wurde für alle spät. An diesem Abend blieb Franz zum zweiten Mal über Nacht auf dem Gschwendnerhof. Allerdings ohne so viel Alkohol zu trinken wie einige Wochen zuvor. Am Morgen blieb er nicht lange, denn in der sommerlichen Hauptsaison waren mehr Kunden in seinem Geschäft zu erwarten als sonst.

Am Nachmittag erschien wider Erwarten sein Kollege Leberecht im Laden. Er erzählte, dass er jetzt bei der Witwe Brunnthaler geschäftlich eingestiegen sei und nicht nur geschäftlich. Es gebe auch ein privates Näherkommen mit der Witwe.

»Dann bist du nicht nur für eine Weile, sondern sogar für die ganze Zukunft deine Sorgen los.«

»Ja, das mag schon so sein. Aber deswegen bin ich nicht gekommen.«

»Warum nachher dann?«

»Ein Münchner Antikhändler hat bei mir angefragt, ob er mit mir eine geschäftliche Verbindung eingehen könne, denn er möchte sich im Voralpenraum mit einem Angebot an bäuerlichen Kulturgütern erweitern. Meine Geschäftslage in Murnau wäre passend, dachte er. Leider musste ich ihn enttäuschen, denn ich war gerade, und nicht nur wegen der Witwe Brunnthaler, gut im Geschäft. Er fragte mich nach anderen Standorten aus. Zum Beispiel in Garmisch-Partenkirchen.«

»Und da bin ich dir eingefallen«, reagierte Daxenbichler sofort.

»Genau. Da bist du mir eingefallen. Ich weiß, dass du nicht unbedingt verkaufen willst. Aber man kann sich gut mit dem Münchner unterhalten und unter Umständen

verständigen. Seine Vorschläge sind überlegenswert. Wenn du willst, ruf ich ihn an.«
»Meinetwegen«, sagte Daxenbichler, aber er war in Gedanken bei anderen Dingen.

Der Münchener, der vorher seinen Besuch telefonisch angekündigt hatte, war pünktlich. Er sah sich im Geschäft um und nahm verschiedene Gegenstände aus den Regalen und stellte sie wieder zurück.
»Schöne Sachen. Ganz nach meinem Geschmack. Und hoffentlich nach dem Geschmack der Kunden. Ich würde gerne in das Geschäft miteinsteigen. Ihr Bekannter, der Herr Leberecht, hat das sicher schon angedeutet.«
»Hat er. Und wie haben Sie sich das vorgestellt?«
»Als stiller Teilhaber und Sie arbeiten hier weiter, wie bisher.«
»Na. Ich hab andere Pläne. Ich verkauf' lieber ganz. Ich hör auf. Verstehen 's. Sie können alles übernehmen. Meiner Mutter gehört das Haus und wird Ihnen den Laden auf meine Fürsprache hin auch vermieten. Dann bekommt sie endlich eine Miete. Das wird sie letztlich überzeugen.«
»Das ist natürlich eine neue Ausgangslage. Dann gilt es, über den Preis ehrlich zu reden. Aber ich denke, dass wir letzten Endes handelseinig werden.«
»Wenn ich sagte, ich verkaufe alles, dann war das nicht ganz so gemeint. Ein paar Dinge möchte ich noch mitnehmen: die bemalte Truhe, die alte Wiege, die Comtoise-Uhr und einige kleinere Gegenstände, die mir wert erscheinen, mitgenommen zu werden.«
»Das verstehe ich vollkommen. Ich möchte Sie nicht noch der letzten Erinnerungsstücke berauben.«

Daxenbichler machte eine genaue Aufstellung aller Gegenstände im Laden und im Lager mit einer geschätzten Preisangabe, eine Inventur, wie er sie noch nie gemacht hatte. Eine zeitaufwändige Arbeit, die er aber mit Verbissenheit begann und durchzog. Das dauerte einige Tage. Der Antiquitätenhändler kam wieder und ging mit ihm die Listen durch. Er bemängelte verschiedentlich den von Daxenbichler angesetzten Preis. Doch der blieb in den meisten Fällen stur bei seinen Preisvorstellungen. Wenn der Münchner Händler hartnäckig bei seiner Preiseinschätzung blieb, drohte Daxenbichler den strittigen Gegenstand aus dem Gesamtkonvolut zu streichen und mitzunehmen. In den meisten Fällen gab der Händler nach, da er, wie es Daxenbichler immer klarer wurde, äußerst erpicht auf den Laden war. Letztlich wurde der Verkauf des Geschäftes vertraglich abgeschlossen.

Wenige Wochen später wurde das Schaufenster quer mit einem roten Banner beklebt: NEUERÖFFNUNG
Als Franz Daxenbichler zum letzten Mal seinen ehemaligen Laden betrat, um noch einige Gegenstände, wie vereinbart, mitzunehmen, tauchte sein Schulkamerad Franz-Xaver Pichler auf.
»Ja, was les' ich denn da? Neueröffnung! Machst du neu auf oder wie soll ich das verstehen?«
»Nein, es gibt einen neuen Besitzer! Ich hör auf.«
»Da bin ich jetzt aber sprachlos. Ich dachte du könntest dich von deinem Geschäft nie trennen.«
»Doch es muss sein. Ich sattle nämlich um!«
»Ja, ich hab' schon was läuten hören. Du und die Hanni draußen vom Gschwendnerhof.«
»Ja, da hast scho richtig g'hört. Und jetzt kommst du und willst mir was zu deine Teller sagen.«
»Genau, deswegen bin ich da.«
»Xarre, es tut mir leid, aber deine Teller kann ich dir nicht mehr abnehmen. Aber ich könnt' mit dem neuen Besitzer red'n. Ich könnt' a guats Wort für di ei'leng. Was habt ihr denn euch ausdacht, du und dei Frau. Was soll mit den Tellern g'scheng?«

»Wir hätten sie gern in Kommission  zum Verkaufen da-
lass'n.«

»Pass auf, i geb' dem neuen Besitzer Bescheid und
dann kommst halt wieder.«

»Ja, wird mir wohl nix ander's übrigbleibn. Und dir
wünsch ich für deinen neuen Lebensabschnitt alles Gute.«

»I dank dir recht sche, Xarre. Wir sehen uns scho no
amol, irgendwo.«

Der Pichler Xarre drehte um, und verließ die Gasse, in
dem das Geschäft von Franz lag, winkte noch einmal
kurz zurück und verschwand um die Ecke.

21

Am Sonntag läutete Daxenbichler bei seinem Bruder und seiner Schwägerin. Es war noch früher Morgen.

»Ich brauch' eure Hilfe. Von dir brauch' ich einen Blumenstrauß«, und er deutete auf Rosi, »und du, Bruder, du musst mir beim Aufladen einer Truhe auf meinen Anhänger helfen.«

»Heut' am Sonntag. Du hast Glück, dass ich überhaupts daheim bin.«

»Wenn's schon sein muss. Was soll es denn für ein Strauß werden?«, Rosi zeigte sich entgegenkommend.

»Ich dachte an rote Rosen.«

»Rote Rosen für die alte Frau Wengenmeier?«, lachte die Rosi verschmitzt.

»Heute nicht, Rosi. Die sind für den Gschwendnerhof.«

»Sag doch gleich für die Hanni. Ich hab schon einiges läuten gehört.«

»Ja, für die Hanni, da red i gar net lang rum.«

»Komm, Bruder, wir laden so lang auf.«

Die Brüder gingen in den Schuppen und trugen die Truhe zum Auto und luden sie auf den Anhänger.

»Dort wird dir schon jemand beim Abladen helfen. Net, dass Hanni selber mit hinlangen muss«, scherzte der Bruder.

»Ah, geh, es werden schon Gäste da sein.«

Die Rosi brachte den Blumenstrauß aus der Hintertüre ihres Ladens.

»Euch einen schönen Sonntag!«, sagte Franz und nahm den Rosenstrauß in Empfang.

»Euch auch«, lachte Rosi und zwinkerte dem Franz zu.

Beschwingt und froh gelaunt steuerte Daxenbichler den Gschwendnerhof an. Doch seine Stimmung wurde gedrückter und er wurde nervöser, je näher er seinem Ziel kam, da er vor eine völlig neue Situation gestellt war. Es war kein Kauf von Antiquitäten und auch kein Verkauf, wo er immer ein leichtes Kribbeln verspürte, ob der Verkäufer oder der Käufer auf seine Preisvorstellungen einging oder nicht.

Einige Gäste, die zum Frühschoppen gekommen waren, drehten die Köpfe, als Daxenbichler einen jungen starken Mann aufforderte, ihm zu helfen, mitanzupacken. Er lotste ihn zu seinem Auto und deutete auf die Truhe. Mit dem schnell angeheuerten Helfer luden sie die Truhe vom Anhänger ab und trugen sie ins Haus. Zentimetergenau wies Daxenbichler seinen Träger an, wo die Truhe abgesetzt werden sollte. Kaum stand sie an ihrem ehemals angestammten Ort, lief ihnen die Hanni über den Weg, die einige Gläser Bier zu den Gästen in den Biergarten bringen wollte.

»Danke fürs Helfen«, rief Daxenbichler dem jungen Mann nach, der gleich wieder davoneilte und zurück zu seinem Platz am Tisch lief.

»Was ist mit der Truhe?« Hanni war überrascht und irritiert. »Ich bin gleich wieder zurück, ich bring nur das Bier hinaus«.

Daxenbichler setzte sich auf die Truhe und lehnte sich zurück an die Wand. Hanni kam eilig wieder zurück.

»Willst du die Truhe nicht mehr?«, fragte sie aufgeregt.

»Nein, das nicht. Die Truhe gehört dir und da, wo sie stand so lange Zeit, soll sie auch bleiben.«

»Und das Geld?«

»Geld interessiert jetzt auch nicht. Ich hab mein Geschäft verkauft, bis auf wenige Dinge. Mit dem Geld können wir einiges bewerkstelligen.«

»Franz, du kannst doch nicht dein Geld in mein Wirtshaus stecken.«

»Hanni, in unser Wirtshaus. Ich geh' nicht mehr zurück in mein altes Leben. Das Leben geht weiter und zwar vorwärts.«

»Franz!, du bist verrückt. Das hätt' ich jetzt nicht gedacht.«

»Ich hab' noch etwas mitgebracht, wart' hier noch zwei Sekunden.«

Er eilte zum Auto. Hanni stand wie angewurzelt neben der Truhe, sie schaute gespannt durch die Eingangstüre in Richtung Parkplatz. Sie hatte sich noch keinen Schritt wegbewegt, da stand Franz mit einem großen Strauß roter Rosen wieder vor ihr.

»Das hab ich noch mitgebracht«, sagte er und hielt ihr den Strauß hin.

»Franz, was soll das heißen?«

»Du weißt, was das heißen soll, auch wenn mir jetzt die Worte fehlen.«

»Franz, du brauchst jetzt auch nichts sagen. Ich hab schon verstanden.«

Dem Daxenbichler war der Blumenstrauß im Weg, als er die Hanni umarmte. Er ließ ihn vorsichtig auf den Deckel der Truhe gleiten.

Beide schwiegen für Minuten.

»Franz, eines musst du mir versprechen.«

Franz schrak kurz zurück.

»Ja. Was denn?«

»Dass du nicht in die Berge gehst. Weißt schon. Nicht zum Bergsteigen, nicht zum Klettern oder gar zum Eisklettern.«

Franz atmete auf.

»Gut, versprochen. Das kann ich leicht versprechen und auch halten. Aber ein wenig wandern mit dir zusammen, das darf ich schon?«

»Franz, wir müssen noch viel besprechen. Das machen wir aber später, wenn die Gäste weg sind.«

»Ja, wenn du wirklich meine Frau werden willst, ist eine ganze Menge zu besprechen. Und für die Hochzeit ist jede Menge zu organisieren.«

Franz war sofort ein planender Geschäftsmann. Ihm schossen viele Gedanken durch den Kopf, was alles zu organisieren wäre. Hanni war grenzenlos glücklich und strahlte.

22

Im Gasthaus „Zum unteren Wirt" saß eine Männerrunde zusammen. Nicht am Stammtisch, der war nur von zwei Männern besetzt, vermutlich Gemeinderäte, die intensiv miteinander sprachen. Am Samstagabend arbeitete der Herr Pfarrer an seiner Sonntagspredigt, der Bürgermeister war auf einer Parteiveranstaltung im Ort unterwegs und der Apotheker sah sich lieber eine Quiz-Sendung im Fernsehen an, da er wusste, dass heute der Stammtisch unvollständig bleiben würde.

In der Runde der jungen Männer befanden sich Schulkameraden von Franz Daxenbichler: der Weldishofer Eugen, der Leitenmaier Alfons, der Fonsi gerufen wurde, der Pichler Xarre, der Gerstner Willi, der Huber Sepp und der Walser Herbert vom Wangerhof, der zwei Jahre jünger als die anderen war, und nicht die gleiche Klasse besucht  hatte, aber irgendwie zu dieser Runde zählte.

Als Franz die Wirtsstube betrat, rief gleich der Gerstner Willi, der geradewegs zur Türe sah, »Der Daxenbichler kommt!«

»Ja, do schau her, a seltener Gast, der Franz«, rief der Huber Sepp.

»Hock' di zu uns her«, sagte der Weldishofer Eugen und zog den letzten freien Stuhl vom großen Wirtshaustisch weg und machte eine einladende Handbewegung. Dem Franz war es eigentlich gar nicht nach so einer Art des Klassentreffens zu Mute. Aber er konnte sich unmöglich alleine an einen anderen freien Tisch setzen.

»Was treibt di den heut' her?«, fragte der neugierige Willi.

»Eigentlich 's Abendessen«, antwortete Franz gar nicht freundlich.

»Hot di dei Mutter nausg'schperrt?«, bohrte der Willi nach.

»Ach was. Mei Bruder und mei Mutter sind auf Landsberg. Verwandtenbesuch, und Rosi is bei einer Freundin. Soll i mir aloins a paar Eier in Pfann' nei schlaga?«
Inzwischen war die Bedienung, die Maria, an den Tisch gekommen.
»Was darf's den sei, Franz?«
»A Bier und was zum Essa!«
»Was für a Bier? A Weißbier oder bloß a Helles?«
»No bringst mr halt a Helles.«
»Und zum Essa?«
»Was empfiehlt mr so?«
»Bratwurst mit Sauerkraut, a Schnitzel, a Currywurst oder... «
»Reicht scho. I nehm a Schnitzel.«
»Mit Pommes?«
»Gibt's no an Kartoffelsalat?«
»I glaub der is aus. Es is ja scho Abend. Bei uns gibt's den immer frisch auf Mittag.«
»Ja guat, dann in Gott's Nama mit Pommes.«
Die Maria zog ab und brachte kurz darauf eine Halbe Helles für den Franz mit den Worten: »Prost, Franz!«
»Ja, was treibst den so all' weil?«, wollte der Willi wissen.
»Das gleiche wie ihr, arbeiten!«
»Heißt des, was du machst, nennst du arbeiten«, stichelte der Willi los.
»Auf die Füß' is er scho, dr Franz. Ich hab' ihn erst troffa, auf am Trödelmarkt«, warf der Fonsi ein.
»Ja, datzt du mi amol mitnehma auf so einer Tour, wo du den Leut'n des alte Glump rausleierst?«, fragte der Willi.
»Wenn du so blöd daher redst, dann überhaupts net. Außerdem hast du doch koi Zeit, du mit deine Viecher.«
Nachdem alle einmal die Gläser gehoben und sich zugeprostet hatten, wurde das Essen für Franz an den Tisch gebracht.
Alle riefen: »An guat'n, Franz! Lass dir's schmecken!«

130

Alle schauten Franz interessiert beim Essen zu, ohne die Blicke abzuwenden, wie wenn es ein besonderes Ereignis wäre.

Der Willi sagte: »Mir ess'n dahoim. Dann geh mer erst ins Wirtshaus und trinken da unser Bier.«

»Du moinsch die Biere zwei, drei und vier?«, bemerkte der Fonsi.

»Ja, die brauch i scho. Und bis i dann hoim komm, is alles dunk'l und alle schlaf'n scho.«

Franz aß unbeirrt weiter und schnitt sich große Stücke von seinem Schnitzel ab und schob sie unter seinem Schnauzbart in den Mund.

Er spießte sich einige Pommes-Stäbchen mit der Gabel auf und ließ sie ebenfalls verschwinden. Franz kaute und schnaufte schwer.

»Dua 's Trinka net vergessa, Franz«, der Willi war in seinem Redeschwall nicht zu stoppen. Er musste zu jeder Gelegenheit seinen Senf dazugeben.

Der Franz wischte sich mit der Serviette den Mund ab und hob sein Glas und sagte: »Prost, Gemeinde!«

Dann begannen wieder Gespräche am Tisch, wild durcheinander. Man hätte glauben mögen, dass sich die Runde nur selten traf. Franz war jedoch der einzige, der nur selten hereinschaute.

Der Eugen musste zur Toilette. Der Franz sagte: »I geh glei mit!« Er wollte sich nicht länger Willis Frotzeleien aussetzen.

Schon setzte Willi, das Lästermaul wieder ein: »Du muasch an Franz scho nausführa, Eugen, der kennt si' net so guat aus, weil er so selten da is!«, lachte er.

Beim Hinausgehen drehte sich Franz zum Willi hin und bemerkte: »Sicher, so oft wie du im Wirtshaus bist, bin ich sicher net.«

»Der und der Fonsi, die war'n scho immer die größten Schwätzer«, sagte der Eugen draußen auf dem Gang zu Franz.

Als die beiden wieder an den Tisch zurückgekommen waren, hatte der Willi schon wieder zu alten Geschichten angesetzt.

»Jetzt kommt's na wieder her, ihr zwoi alte Bieselbrüder. Apropos ... Könnt's ihr euch no dran erinnera, wie mir in der achta Klass waren. Als unser Lehrer der Herr Tischinger so lang krank war. Nebenhöhlenvereiterung hot er g'habt. Da is unsere Klass ja vom Nachbarlehrer mitg'führt worda. Des war der Lehrer Ratzinger, ein Sadist, wie er im Buche steht! Der hat zuag'schlaga mit am Rohrstock. Tatzen und Hosaspanner. Der hot sogar bis zehn zähla könna. Und wenn a Lederhosn ag'habt hosch, hat der au auf Schenkl g'schlaga.«

»Des schene domals war, dass mir immer zwoi Stund' früher ausg'habt ham. Jeden Tag. Zwoi Monat lang. Des hot aber dahoim koiner g'wusst«, ergänzte der Fonsi.

»Ja, jetzt erinner i mi. Da ham mir immer im Rohbau, in der Rathausstraß', g'schpielt. Jeden Tag eineinhalb Stunden lang«, sagte der Huber Sepp dazu.

»Mir san den ganza Rohbau nauf und nunter g'schprunga«, ergänzte der Herbert.

»Ja, und telefoniert hammr durch die Leerrohre, die scho drin waren«, fuhr der Willi ganz angeregt fort.

»Oimol hat dr Xarre vom ersta Stock hinunter in den Keller gerufen: »Hallo, wer hört mich?«, ergänzte der Willi seine Geschichte.

»Und der Fonsi, der unten im Keller war, wo die Leerrohre zammag'laufa sind, hat daran g'horcht und zurückg'rufa: »Ich hör' dich! Wer bist du, du Esel?«

»Eine Weile haben die wechselweise hin und hergerufen, dann hat der Xarre ins Leerrohr gebieselt. Ohne Vorankündigung. Der Fonsi hat's erst rausch'n g'hört. Dann hat er einen Schwall ins Ohr abbekommen und als er erschrocken zurückzuckt is, da is ihm die ganze nachfolgende Brühe in den Hemdkraga nei g'laufa. Der hat

132

sich geschüttelt wie a Hund«, erzählte der Willi in vollster Aufregung, wie wenn es erst kürzlich geschehen wäre.

»Woher weißt du denn das?«, unterbrach ihn der Eugen.

»Ich war die ganze Zeit mit dem Fonsi im Keller. I hab mi halb totg'lacht. Der Fonsi war stocksauer und wollte mich darauf hin verschlagen, weil i so g'lacht hab.«

»Jetzt langt's dann scho wieder«, sagte der Fonsi. »Des is alles scho ewig her, sonst müsst i di heut no vermöbeln.«

»Dr Xarre hot doch was durchs Rohr runterg'lassen. Doch net i!«, empörte sich der Willi.

Der Franz schob seinen Janker zurück und zog aus seiner Westentasche, eine Taschenuhr heraus, die an einer goldenen Kette festgemacht war.

»Scho zehne durch«, sagte er.

»Is scho wieder so spät«, sagte erschrocken der Herbert. »I glaub' i pack's bald. Dann schaff' ich 's no bis zum Sportstudio«, fügte er dazu.

»Ehm schau a! Wegam Sportstudio gangat er hoim«, rief der Fonsi.

»Sei Alte schaut scho drauf, dass er zeitig hoim kommt, sonst setzt was«, begann der Willi wieder mit seinen Sticheleien.

»Wenn er hoim will, lass'n geh'. Vom Sportstudio alloi hat mer net vier Kinder«, spöttelte nun auch der Fonsi.

»Jetzt hört's auf, Leut'! Und du Herbert, bleib no zwoi Minuta da!«, sagte der Franz und alle schauten erstaunt zu ihm.

»Passt auf was i jetzt euch sag: In a paar Wocha heirat i und ihr seid's einglada! Dr Xarre weiß es ja scho!«

»Ja, jetzt wird's Tag! Er als unser Letzter heiratet«, sagte der Willi. »Mir wissen's scho, dass du mehr Zeit auf'm Gschwendnerhof verbringst, wie in dei'm Lada.«

»Wenigsten gibt's dann wieder was zum Essa. Umsonst sogar!«, freute sich der Huber Sepp.

»Das Mahl wird leider nur recht kurz ausfallen, da wir nach der Trauung rasch verschwinden werden, meine Braut und ich.«

»Schad«, sagte der Huber Sepp. »Ewig schad!«

»Zum Sattwerda werd's scho langa! Und jetzt trink i no a Bier, für heut des letzte.«

Die Runde diskutierte noch lange das angekündete Ereignis, bis der Wirt Anstalten machte, in einer Ecke der Gaststube deutlich laut die Stühle auf die Tische zu stellen. Die Maria war jetzt froh, zum Abkassieren gerufen zu werden. Sie war sichtlich müde. Beim Hinausgehen bemerkte sie zu Franz: »Viel Glück, Franz! I freu mi für d' Hanni und für di a!«

23

Daxenbichler hatte sich für eine Heirat mit der Hanni entschieden und war fest entschlossen die Sach, wie er sagte, bald hinter sich zu bringen. Er wusste, dass sich dadurch sein Leben grundlegend ändern würde, und Hanni war hin- und hergerissen von Dankbarkeit und Zuneigung durch seine Entscheidung, die Franz ihr mitteilte. Letztlich überwog bei ihr die Zuneigung, denn die Dankbarkeit hätte für so einen Schritt nicht ausgereicht. Die Hochzeit wurde für Ende September geplant und mit dem Herrn Pfarrer abgestimmt. Der Herr Pfarrer vereinbarte mit dem Brautpaar noch ein unverzichtbares vorbereitendes Gespräch, wie er betonte.

Am Vortag fand der offizielle staatliche Teil der Trauung im Rathaus statt. Es waren nur die Trauzeugen, der Bruder von Franz und die Schwester der Hanni, anwesend.

Dann kam der große Tag für Hanni und Franz. Die Kirche war nicht vollbesetzt, aber es waren alle Bekannte und Freunde von Hanni und Franz da. Auch andere, welche die beiden nicht so gut kannten: Dauerkirchgänger, Neider, Spötter und Neugierige, die gerne so einer Veranstaltung beiwohnten.
In der ersten Reihe saßen die Mutter Daxenbichler, der Bruder und die Schwägerin Rosi. Auf der anderen ersten Bankreihe waren die Mutter von Hanni, ihre Schwester und ihr Schwager Martin.
In der dahinter liegenden Reihe sah man die Lehrerin Frau Erna Wengenmeier, die Schul- und Jugendkameraden von Franz, den Weldishofer Eugen und den Walser Herbert.

Auch der Antikhändler Werner Leberecht mit seiner neuen Partnerin, der Witwe Brunnthaler, war gekommen. Im hinteren Drittel des Gotteshauses versammelte sich das Volk der frommen Kirchgänger, überwiegend Frauen aus dem Dorf, die keine Hochzeitsfeier auslassen und die Neugierigen, die sich grundsätzlich nichts entgehen lassen wollten. Die Kameraden aus dem Gasthaus, der Leitenmaier Alfons, der Fonsi gerufen wurde, der Pichler Xarre, der Gerstner Willi, der Huber Sepp hatten sich in die vorletzte Bank verzogen. Ganz hinten in der letzten Reihe hatte Egbert Kedrowski mit einer auffällig blonden Frau Platz genommen.

Den Brautstrauß hatte natürlich die Rosi erstellt, Rosen, rote Rosen. Sie war ganz erstaunt, als ihr Franz einen Geldschein übergab, den er aus seinem Geldbeutel genommen hatte.
»Danke, Rosi, wunderschön«, sagte er nur.
Damit hatte sie nicht gerechnet.
Die Brautleute waren von der Vielzahl der Kirchgänger überrascht, die der Hochzeitsmesse beiwohnen wollten.
Vor dem Chor des Kirchenraumes wartete ein breite Bank auf die Brautleute, die nun vor dem Pfarrer dort knieten. In diesem Moment der Stille gingen dem Franz die Gedanken über sein neues, ganz anderes Leben durch den Kopf. Für die Hanni blitzte für Sekunden die Erinnerung an ihre Hochzeit mit dem Steininger Peter auf. Es war die gleiche Kirche und der gleiche Pfarrer. Es kam ihr wie ein Déjà-vu vor, das sie an Ereignisse erinnerte, die wie erst vor kurzem hier stattgefunden hatten. Der Hanni krampfte sich der Magen zusammen. Ruckartig drehte sie ihren Kopf zur Seite und sah, wer da neben ihr kniete. Sie hoffte, dass ihre Tränen für andere möglichst unauffällig über ihre Wangen kullerten.
Die Lesung aus einem Apostelbrief, vorgetragen von einer Frau aus der Kirchengemeinde, nahmen die Braut-

leute nur gedämpft, wie aus der Ferne vorgetragen, wahr.

Dann predigte der Pfarrer über das Sakrament der Ehe und verstreute Worthülsen über das Brautpaar und über die anwesenden Gäste: Unauflöslichkeit, Abbild des Bundes zwischen Christus und seiner Kirche, eine Ehescheidung kennt die Kirche nicht, das wichtige Jawort vor dem Priester und der Kirchengemeinde.

Franz schaltete ab. Es wurde ihm erst wieder bewusst, wo er war, als sich der Pfarrer an ihn zuerst wandte:

»Franz, ich frage Sie: Sind Sie hierhergekommen, um nach reiflicher Überlegung und aus freiem Entschluss mit Ihrer Braut Johanna den Bund der Ehe zu schließen?«

Mit fast leiser Stimme, da ihm die Kehle wie zugeschnürt war, antwortete Franz: »Ja«

Der Pfarrer fragte weiter: »Wollen Sie Ihre Frau lieben und achten und ihr die Treue halten alle Tage ihres Lebens?«

Franz antwortete jetzt deutlicher: »Ja.«

Der Pfarrer richtete dieselben Fragen an die Braut:

»Johanna Maria, ich frage Sie: Sind Sie hier her gekommen, um nach reiflicher Überlegung und aus freiem Entschluss mit Ihrem Bräutigam Franz den Bund der Ehe zu schließen?«

Hanni antwortete mit heller, klarer und fester Stimme: »Ja.«

Franz wagte etwas verunsichert einen Seitenblick auf die Braut, denn er hatte den zweiten Vornamen von Hanni noch nie gehört.

Der Pfarrer sprach weiter. »Wollen Sie Ihren Mann lieben und achten und ihm die Treue halten alle Tage seines Lebens?«

Hanni: »Ja.« Hanni strahlte.

Dann richtete der Pfarrer die folgenden Fragen an beide Brautleute gemeinsam: »Sind Sie beide bereit, die Kin-

der anzunehmen, die Gott Ihnen schenken will, und sie im Geist Christi und seiner Kirche zu erziehen?«
Hanni und Franz antworteten automatisch: »Ja.«
Der Franz runzelte nur kurz und geistesabwesend die Stirn. Hanni riskierte einen kurzen seitlichen Blick auf Franz, der starr geradeaus zum Pfarrer blickte.
»Sind Sie beide bereit, als christliche Eheleute Ihre Aufgabe in Ehe und Familie, in Kirche und in der Welt zu erfüllen?«
Hanni und Franz wieder ganz automatisch: »Ja.«

Vor der Eheschließung wurden die Ringe gesegnet. Die Ringe wurden dem Pfarrer von einem Ministranten gereicht. Er sprach darüber ein Segensgebet und besprengte die Ringe mit Weihwasser:
»Herr und Gott, du bist menschlichen Augen verborgen, aber dennoch in unserer Welt zugegen. Wir danken dir, dass du uns deine Nähe schenkst, wo Menschen einander lieben. Segne diese Ringe, segne diese Brautleute, die sie als Zeichen ihrer Liebe und Treue tragen werden. Lass in ihrer Gemeinschaft deine verborgene Gegenwart unter uns sichtbar werden. Darum bitten wir durch Christus, unseren Herrn.«
Alle Teilnehmer an der Zeremonie im Kirchenraum antworteten. Es ertönte ein lautes „Amen".
Der Pfarrer sprach weiter: »So schließen Sie jetzt vor Gott und vor der Kirche den Bund der Ehe, indem Sie das Vermählungswort sprechen. Dann stecken Sie einander den Ring der Treue an.«
»Hanni, vor Gottes Angesicht nehme ich dich an als meine Frau. Ich verspreche dir die Treue in guten und bösen Tagen, in Gesundheit und Krankheit, bis der Tod uns scheidet. Ich will dich lieben, achten und ehren alle Tage meines Lebens. Trag diesen Ring als Zeichen unsrer Liebe und Treue: Im Namen des Vaters und des Sohnes und des Heiligen Geistes.«

»Franz, vor Gottes Angesicht nehme ich dich an als meinen Mann. Ich verspreche dir die Treue in guten und bösen Tagen, in Gesundheit und Krankheit, bis der Tod uns scheidet. Ich will dich lieben, achten und ehren alle Tage meines Lebens. Trag diesen Ring als Zeichen unsrer Liebe und Treue: Im Namen des Vaters und des Sohnes und des Heiligen Geistes.«
Pfarrer setzte die Zeremonie fort:
»Reichen Sie nun einander die rechte Hand. Gott, der Herr, hat Sie als Mann und Frau verbunden. Er ist treu. Er wird zu Ihnen stehen und das Gute, das er begonnen hat, vollenden.«
Der Pfarrer legte die Stola um die ineinander gelegten Hände der Brautleute und legte seine rechte Hand darauf und sprach:
»Der Herr, unser Gott, festige den Ehebund, den sie vor ihm und seiner Kirche geschlossen haben. Euch alle aber, die ihr zugegen seid, nehme ich zu Zeugen dieses heiligen Bundes ‚Was Gott verbunden hat, das darf der Mensch nicht trennen‘.«

Es folgte der große Trausegen, dann noch die Fürbitten. Beide, Franz und Hanni, konnten den Schlusssegen und den Auszug aus der Kirche unter dem ergreifenden Gedröhn der Orgel, die mit ihrem Schlusslied den Kirchenraum erfüllte, kaum mehr abwarten. Beim Hinausschreiten aus der Kirche entdeckte Hanni viele Gesichter, die sie schon lange nicht mehr gesehen hatte, alte Schulfreundinnen und Feindinnen wie die Kreithmair Agnes, die jetzt Mader hieß, weil sie einen Metzger aus Farchant geheiratet hatte, die besonders neugierig schaute.

Die Schar der Gratulanten vor der Kirche wollte nur langsam enden, und Franz sah schon ungeduldig und verstohlen auf seine Armbanduhr.

»Ich freue mich für euch, ich freue mich richtig«, sagte die Frau Wengenmeier. Sie war nach den beiden Müttern der Brautleute, nach Franz' Bruder mit seiner Frau Rosi und nach Hannis Schwester und Schwager, die erste, die Glück wünschte.

»Kommt doch einmal zum Tee zu mir«, sprach Frau Wengenmeier dem Paar zu. »Es würde mich freuen, euch beide bei mir zu haben.«

»Jetzt bist auch unter d' Eheleut' kommen«, meinte der Weldishofer Eugen und zwinkerte mit einem Auge dem Franz zu.

»Ich weiß, dass ich einen guten Antiquitätenhändler verliere, aber ich hoffe, dass ich mich in schwierigen Fragen immer an meinen guten Daxenbichler wenden kann. Alles Gute euch beiden«, sagte Kedrowski.

Seine Frau sagte nichts und reichte ihnen nur stumm die Hand.

Der Kollege Werner Leberecht und die Witwe Brunnthaler waren schnell, nachdem sie beim Brautpaar nur kurz aufhielten, vom Vorplatz der Kirche verschwunden.

Der Walser Herbert trat zum Gratulieren auf das Brautpaar zu und konnte sich eine Spitzfindigkeit nicht verkneifen:

»Es war scho guat, dass du mir die Wiege abg'kauft hast. Werd's es vielleicht no brauch'n kenna. Alles Gute und nix für unguat.«

Hanni bekam rote Backen und Franz sagte: »Alles kommt, wie's kommt. So wie es bei dir auch immer war«, konterte Franz.

Die alten Schulkameraden von Franz standen noch im Kreis. Sie witzelten, neckten sich gegenseitig und freuten sich auf das Hochzeitsessen und vor allem auf das Freibier.

In der Einladung zur Hochzeit stand, dass von dem sonst üblichen Brauch, ein großes Hochzeitsessen zu veranstalten, abgewichen wird. Stattdessen gibt es

Weißwürste und Freibier von 11 Uhr bis 15 Uhr beim Gschwendner. Das Brautpaar beabsichtigte unmittelbar nach der kirchlichen Zeremonie die Hochzeitsreise anzutreten. Das stieß auf unterschiedliche Reaktionen und Bemerkungen unter den Anwesenden.

»Fahrt nur zu«, sagte die Rosi, »wir machen das schon.«

Das Brautpaar hatte Franz' Bruder und den Schwager der Hanni gebeten, zusammen mit ihren Frauen die Gäste zu betreuen.

»Ich bin froh, dass wir es so geregelt haben«, sagte Franz zu seiner frisch angetrauten Braut. »Ich glaube, wir können froh sein, uns bald davonschleichen zu können.«

»Du hast recht, zum Essen und zum Trinken brauchen die uns net.«

Die Hochzeitsgesellschaft vermisste das Brautpaar anfangs nicht sonderlich, denn jeder wollte sich rasch Speis' und Trank sichern und suchte sich einen Platz an den Biertischen. Später wurde das eigenartige Vorgehen des Brautpaares immer wieder kurz erwähnt, aber die Gerüchte legten sich bald.

Die Brautleute verschwanden nahezu unauffällig, nachdem sie sich mit vereinbarten Zeichen von der Verwandtschaft verabschiedet hatten. Sie fuhren zum Haus von Franz und zogen sich dort um. Die Hochzeitskleidung legten sie auf das Bett und schlüpfen in legere Kleidung. Beide trugen jetzt Jeans, Franz ein blau-weiß gestreiftes Hemd und Hanni eine weiße Bluse. Hanni löste ihre hochgesteckten Haare, nachdem sie den Brautschleier abgenommen hatte. Sie schüttelte ihr langgewelltes, schwarzes Haar und fuhr mit den Händen lockernd durch.

»Du schaust ja gleich um Jahre jünger aus«, rief Franz voll Entzücken. »Richtig toll, find ich das.«

Der Anblick war für ihn ungewohnt.

»Was machen wir mit den Blumen? Hätte ich die nach der Kirche in die Menge werfen sollen? Die sind doch so schön«, fragte Hanni ratlos.

»Stell' sie in eine Vase. Meine Mutter und die Rosi kümmern sich schon drum. Wir kommen ja wieder.«

Für Franz bedeutete das kein Problem und drängte zum Aufbruch. Die beiden bereitstehenden Köfferchen und eine Reisetasche luden sie in den VW Variant und waren zur Abfahrt bereit.

Franz' Bruder hatte in Brixen ein Mittag- und ein Abendessen sowie eine Hotelübernachtung arrangiert. Wenn sie gleich losfahren würden, könnten sie ihr Ziel sicher bis um 14 Uhr erreichen.

Ein Essen, das einer Hochzeit würdig war, wartete auf das Brautpaar. Hanni war noch so voller Nervosität, dass sie nur wenige Bissen herunterbrachte. Franz selbst hatte einen „Bärenhunger", dass ihm eineinhalb Portionen des Menüs gerade recht waren.

Nach dem Mittagessen fand das frischvermählte Paar die Zeit, sich den Sehenswürdigkeiten der Stadt zuzuwenden. Der Dom mit den mittelalterlichen Fresken im Kreuzgang und anschließend die Hofburg mit der Gemäldesammlung und der Krippenausstellung, die Hanni besonders beeindruckte, aufgrund der Vielfalt der ausgestellten Beispiele.

Das Abendessen wurde zur Gala, für die Franz' Bruder keine Kosten gescheut und dem Restaurantleiter ein Vier-Gänge-Menü aufgegeben hatte. Franz und Hanni genossen das opulente Abendessen und die anschließende Nacht.

24

Am späten Vormittag des nächsten Tages, nach einem ausgiebigen Frühstück, brachen Franz und Hanni auf, um zum 180 Kilometer entfernten Gardasee zu gelangen. In Bardolino war ein Zimmer in einem Hotel für sie gebucht. Auch das hatte Franz' Bruder in die Wege geleitet.

Ihr Auto, der VW Variant, glitt wie auf Schienen mit zügigem Tempo seinem Ziel entgegen, denn die gesamte Strecke war erst mit 110 km/h, dann mit 130 km/h geschwindigkeitsgebremst. Beide konnten die Fahrt und die Ausblicke auf die Dörfer und Berge entlang des Eisacktales links und rechts genießen.

Eine Rast in einem kleinen Restaurant, wo sie nur eine Kleinigkeit aßen, war gleichzeitig eine willkommene Unterbrechung auf halber Strecke. Das Hotel erreichten sie am Nachmittag und sie hatten noch einige Stunden Zeit, sich bei einem Spaziergang am See die Beine zu vertreten. Sie setzten sich auf eine Bank am Seeufer und hörten nur den Wellen zu, die rhythmisch ans Ufer schlugen. Wenn ein Motorboot in ihr Blickfeld passierte, folgte Sekunden später ein heftigerer Wellenschlag und das Wasser rollte bis vor ihre Füße. Trotz der Müdigkeit nach einem langen, anstrengenden Tag zögerten sie noch, das Hotel aufzusuchen. Sie blickten zurück auf die kirchliche Hochzeitsfeier, zählten nochmals die Gäste auf, die gekommen und die fern geblieben waren. Als es Hanni trotz der südlichen Abendtemperatur fröstelte, entschlossen sie sich, den langen Aufenthalt auf der Parkbank am See zu beenden.

Der nächste Tag sollte ein Tag voller Ruhe sein. Hanni und Franz standen spät auf, nahmen ein bescheidenes italienisches Frühstück ein und machten sich auf zu einem Bummel durch den Ort. Der zentrale Platz, die Piazza San Nicolo, war nicht weit entfernt. Ohne große Kaufabsichten betrachteten sie die ausgestellten Waren, die vorwiegend den Bedarf für Badegäste und für Souvenierjäger anboten. Schmuckläden, teils mit teurem, teils mit Modeschmuck, Postkarten- und Sonnenbrillenständer vor den Geschäften, leichte Bekleidung für den Strand, die im Wind flatterte, aber jetzt schwerer verkäuflich als im Sommer war, dazwischen Eiscafés und Restaurants passierten sie auf ihrem Spaziergang. Sie schlenderten um die große Anlage des Parc Hotel Gritti auf dem Weg entlang des Sees herum und sahen die Schiffe und Fähren, die vom Süden kommend und entlang der Ostküste zum Hafen in Garda weiterfuhren.

»Ich habe etwas von einem Wallfahrtsort gelesen, der gar nicht so weit entfernt liegen soll. Da könnten wir doch am Nachmittag hinfahren. Schaust du mal in die Straßenkarte?«, bat Hanni ihren frisch Angetrauten.
Der Ort lag nördlich von Bardolino in den Bergen. Franz war einverstanden. Erst fuhren sie an Garda vorbei nach Spiazzi und daneben fanden sie das Santuario Madonna della Corona.
Dort, wo die Straße endete, parkte Franz das Auto auf einem großen Parkplatz, der heute ziemlich verwaist war, und sie liefen etwa einen Kilometer durch einen lichten Kiefernwald. Die Lage der Kirche mit ihren Nebengebäuden, in eine große Felsnische am Abhang gebaut, war atemberaubend. Der steile Felsen bildete die West- und die Nordwand der Kirche. Es war noch eine Vielzahl von Stufen hochzusteigen, ehe man den Vorplatz und das Kirchenportal erreichte.
»Ich möchte einige ruhige Minuten in der Kirche verbringen«, sagte Hanni, »möchtest du mitkommen oder lieber die Aussicht genießen?«

Franz spürte, dass er Hanni jetzt nicht stören dürfe und sagte: »Ich bleibe hier auf dem Aussichtspunkt. Du findst mich schon wieder.«

Die Aussicht war grandios. Zwischen Felsen hindurch konnte Franz tief hinunter in das Etschtal sehen. Alles wirkte klein, der sich schlängelnde Fluss, die Autobahn Brenner – Verona und die Bahnlinie.

»Ich habe auch für dich eine Kerze gestiftet«, sagte Hanni, als sie aus der Kirche kam und neben Franz trat. »Ich fühle mich jetzt wirklich gut. Wie befreit«, sagte sie.

»Dann freue ich mich, dass wir diesen Ausflug gemacht haben«, erwiderte Franz. »Das war eine gute Idee für den Nachmittag.«

»Trinken wir noch einen Kaffee«, fragte Hanni froh und aufgeräumt.

Sie setzten sich zu zwei Cappuccino in das Café am Parkplatz. Entspannt und zufrieden legten sie dann die 23 Kilometer nach Bardolino zurück.

Am nächsten Tag trieb es das Paar schon zeitig aus dem Bett. Verona sollte heute erkundet werden. Die Fahrt mit dem Auto war kurz. Einen Hinweis seines Bruders wollte Franz nutzen, um möglichst nahe an das Stadtzentrum zu gelangen. Dieser hatte ihm empfohlen, auf dem Friedhofsparkplatz das Auto abzustellen. Das hatte ihm anfangs befremdlich geklungen, aber der Vorschlag erwies sich als sehr vorteilhaft, denn bis zur Arena, dem alten römischen Bauwerk, war es nur eine kurze Wegstrecke. Sie mussten am Ponte Aleardi die Etsch, die sich durch die Stadt windet, überqueren und der Via Pallone bis zur Arena an der Piazza Brà folgen.

Wenn Franz auf dem Weg an einem Antiquitätengeschäft vorbei kam, ließ ihn der Blick in das Schaufenster nicht mehr los und er wäre am liebsten in jedes hineingegangen und hätte ein wenig herumgestöbert.

»Franz, es reicht. Du musst dich von diesen alten Dingen langsam lösen. Du hast jetzt neue Aufgaben. Und du hast mich«, sagte Hanni halb im Spaß und halb im Ernst.

»Du bist sehr streng mit mir, aber du hast Recht. Ich hänge halt immer noch ein Stück am alten Leben.«

»Gut, Franz, das verliert sich. Ich werde schon dafür sorgen.«

Aber als er in einem Schaufenster einen Bilderrahmen sah, der silbrig glänzte, war er nicht aufzuhalten. Hanni ging zwar mit in das Geschäft, sie blieb jedoch demonstrativ gelangweilt in der Nähe der Türe stehen. Nach einer Prüfung des Stückes und einem kurzen Handel, kaufte Franz den Bilderrahmen. Hanni schaute ihn beim Verlassen des Ladens nur fragend an. Draußen erklärte er: »Der ist für unser Hochzeitsfoto, das mein Bruder gleich nach der Kirche gemacht hat. Hoffentlich ist es etwas geworden.«

»Und das hat jetzt und hier sein müssen, dass du ihn gekauft hast?«, fragte Hanni kritisch.

»Es war ein spontaner Einfall, als ich den Rahmen sah. Er ist wirklich aus Silber. Das hab ich geprüft.«

Auf der Piazza kaufte Franz an einem Zeitungsstand eine reich bebilderte Broschüre über die Stadt. Ein Stadtplan war auch dabei.

Sie umrundeten die Arena und steuerten auf der Via Mazzini auf den Marktplatz, die Piazza delle Erbe, zu. Gemüse, aber auch andere Waren, lockten die Besucher, einheimische Hausfrauen wie Touristen, an. Nur wenige Schritte von diesem Platz entfernt, befindet sich in der Via Capello, Nr. 27, das Gebäude, dessen Besitzer die Familie Dal Capello gewesen sein soll.

»Bei Shakespeare heißt die Familie Capulet«, meinte Hanni.

»Hast du etwa Shakespeare gelesen?«

146

»Nein, nicht komplett. Wir haben in der Schule nur einige Ausschnitte von Romeo und Julia gespielt.«

»Und du warst die Julia?«

»Nein, auch das nicht. Das war die Kreithmair Agnes. Die hat sich damals so was von in Szene gesetzt, das ärgert mich heute noch.«

Im Hof waren sie nicht allein, eine Besuchergruppe schwatzte durcheinander und die Führerin hatte Not, sich Aufmerksamkeit und Gehör für ihre Erklärungen zu verschaffen. Franz und Hanni blieben im Hintergrund stehen, bis sich die Gruppe wieder entfernt hatte. Ein kleiner Balkon aus Marmor soll an die Szene mit Romeo erinnern, in der er Julia seine Liebe erklärte. Der Balkon wurde allerdings erst in den 1930er Jahren nachträglich angebaut und war zuvor Teil eines Sarkophags.

»Ich bin jetzt die Julia«, sagte Hanni und fing an zu rezitieren.

> »Willst du schon gehen? Der Tag ist ja noch fern.
> Es war die Nachtigall und nicht die Lerche.
> Die eben jetzt dein banges Ohr durchdrang.
> Sie singt des Nachts auf dem Granatbaum dort.
> Glaub, Lieber mir: es war die Nachtigall.«

»Hast du das in der Schule aufgesagt?«, fragte Franz ganz verwirrt.

»Leider nein. Gelernt hab ich's schon, aber die Kreithmair Agnes, das Biest, ist leider erst nach der Aufführung krank geworden. Da war alles schon gelaufen.«

»Du bist meine Julia und bei mir wirst du immer die erste Rolle spielen.«

»Franz, du bist wirklich ein lieber Schatz!«

»Aber ihr habt doch nicht das ganze Stück gespielt. Da wäre ja unwahrscheinlich viel zu lernen gewesen.«

»Nein. Die Lehrerin hat acht Szenen ausgesucht, die wir gespielt haben. Eine Erzählerin hat durch ihren Vortrag

die Spielszenen miteinander verbunden, damit die Zuschauer den Handlungsgang verstehen konnten.«
»Das hätte ich auch gerne gesehen. Dich als Julia.«
»Aber ich kam doch gar nicht dran. Ich war nur die Reservebesetzung. Das war ja der Mist. Alles umsonst gelernt«, bedauerte Hanni und zitierte Shakespeare:

»Es tagt, es tagt! Auf eile fort von hier!
Es ist die Lerche, die so heiser singt
Und falsche Weisen, rauen Misston gurgelt.
Man sagt der Lerche Harmonie sei süß;
Nicht diese: die zerreißt die unsre ja.
Die Lerche sagt man, wechselt mit der Kröte
Die Augen: möchte sie doch auch die Stimme!
Die Stimm' ist's ja, die Arm aus Arm uns schreckt,
Dich von mir jagt, da sie den Tag erweckt.
Stets hell und heller wird's: wir müssen scheiden.«

»Hör auf, Hanni! Nichts und niemand werden uns auseinander bringen! Wir leben nicht im Mittelalter wie Romeo und Julia. Lass uns gehen!«

Sie folgten dem Bogen der Etsch bis zum Dom und dann weiter zum Castelvecchio, aber Hanni wollte das dort befindliche Museum nicht besuchen. Sie blieben auf der inneren Etschseite und schwenkten dann in Richtung der Piazza San Zeno ein. Der romanische Campanile steht isoliert neben der Kirche. Zwei sehenswerte Kunstgegenstände weist San Zeno auf: Das Portal mit den 24 Bronzetafeln, die an jeder der beiden Türflügeln angebracht sind. Dargestellt sind biblische Szenen und Wunder des Heiligen Zeno. Im dreischiffigen Innenraum der Kirche wechseln sich jeweils zwei schlanke Säulen mit mächtigen kreuzförmigen Pfeilern ab. Von besonderer Schönheit ist die geschnitzte hölzerne Decke.

Das kostbarste Juwel der Basilika schmückt den Hauptaltar, es wurde von Andrea Mantegna Mitte des 15. Jahrhunderts geschaffen und zeigt eine thronende Madonna mit dem Jesuskind, das seinen linken Arm um den Hals der Mutter gelegt hat, im oberen großen Mittelteil.

Im Jahre 1797 haben die Soldaten Napoleons die sechs Teile des Altarbildes mitgenommen, und die Franzosen haben sie bis heute nicht mehr vollständig herausgerückt. Jedenfalls ist das Hauptbild wieder in San Zeno.

Nach der Rückgabe wurde der Altar nicht mehr an seinem ursprünglichen Standort am Hochaltar, sondern im Chor der Kirche aufgebaut, wo eine Beleuchtung aus der falschen seitlichen Richtung erfolgte, die sich heute nachteilig auswirkt.

Sie verließen die Kirche und steuerten wieder auf das Amphitheater zu. In einem kleinen Lokal kehrten sie für ein Mittagsgericht ein. Beide bestellten sie eine Pizza, die sie sich teilten, da sie schon an das opulente Abendessen dachten. Dann gingen Franz und Hanni den Weg wieder zurück zum Parkplatz vor dem Friedhof.

Frisch geduscht und etwas vornehmer gekleidet als am Nachmittag, gingen sie zum Speisesaal. Das mehrgängige Abendessen wollten sie auskosten und tranken eine Flasche Bardolino dazu.

»Wenn nicht hier, wo dann, sollten wir Bardolino trinken«, sagte Franz, als er die letzten Tropfen der Flasche in die Gläser füllte.

»Ich könnte noch Wein bestellen«, schlug Franz vor.

»Nein, Franz! Ich glaube es reicht, was wir getrunken haben«, wehrte Hanni ab. »Aber ich will dir nicht schon auf der Hochzeitsreise Vorschriften machen, wie viel du trinken darfst.«

25

»Wenn wir schon am See sind, dann könnten wir doch eine Schifffahrt einplanen. So viel Zeit haben wir doch, Franz, oder?«

»Möchtest du einen ganzen Tag auf dem Schiff verbringen oder fahren wir nur ein kleines Stück?«

»Ein Stück von Bardolino bis Malcesine würde mir schon reichen, was meinst du?«

»Gut, dann gehen wir zur Anlegestelle und schauen uns die Abfahrtszeiten an oder lassen uns im Hotel einen Plan geben. Was ist dir lieber?«

»Geh'n wir a Stück.«

Am nächsten Morgen hatte sich an der Schiffsanlegestelle schon ein kleines Häufchen von Wartenden versammelt. Ungeduldig starrten sie immer wieder in die Richtung aus der das Schiff kommen musste. Als das Schiff anlegte stürmten die neuen Passagiere wild vorwärts drängend über den Anleger. Die Gruppe machte sich auf dem Oberdeck breit. Das Schiff legte ab, als alle an Bord gekommen waren. Schon als das Schiff weiter auf den See hinaus manövriert wurde, merken viele Passagiere, dass es sehr windig und zugig auf den gewählten Plätzen wurde. Nach und nach verzogen sie sich auf das geschlossene Deck darunter. Franz und Hanni wechselten nun völlig allein gelassen die Sitzbank, so dass sie die Sonne des späten Vormittags ins Gesicht geschienen bekamen, auch wenn sie gegen die Fahrtrichtung schauen mussten. Hanni hatte ihr Kopftuch fest über ihren Haaren gebunden. Franz trotzte eisern dem Wind. Sie wollten nur die Sonne genießen. Sie passierten die wunderschön gelegene Locanda San Vigilio, die auf einer Landzunge mit ihrem winzigen Hafen gleich nach Garda lag. Dann folgte die Vorbeifahrt an den Orten Torri del Benaco und an Brenzone.

Sie erreichten Malcesine kurz vor 11 Uhr. Für ein ausgiebiges Mittagessen war es noch zu früh, obgleich das karge italienische Frühstück bald Hunger aufkommen ließ. Sie kauften Tramezzini und eine Flasche Mineralwasser und setzten sich auf eine Bank am Hafen.

»Ich weiß nicht, ob die Zeit bis zur Abfahrt des Schiffes ausreicht, um zur Scaligerburg zu kommen?«

»Wir versuchen es und kehren dann einfach wieder um, wenn die Zeit knapp wird.«

An der Burg angelangt, die auf einem Felsen über der Stadt hoch aufragte, verzichteten sie auf den Aufstieg im Turm. Sie sahen sich die Büste von Johann Wolfgang von Goethe im Burghof an. Unter seinem breitkrempigen Reisehut, mit geknüpftem Halstuch und im Reisemantel, blickt der damals 37jährige Dichter, der auf seiner Italienreise hier in Malcesine Station gemacht hatte, den Besuchern entgegen.

Franz und Hanni machten kehrt. Auf ihrem Weg zum Hafen zog es Franz immer wieder zu den Antikgeschäften hin, an denen sie beim Schlendern durch die Gässchen von Malcesine vorbeikamen.

»Einmal möchte ich in einem Laden noch eine kleine Runde drehen«, sagte Franz.

Hanni wusste, dass sie ihm das nicht verwehren durfte.

»Aber wirklich nur in einem Laden. Denk an die Zeit, Franz.«

Sie betraten einen Laden, der schon von außen den Eindruck von gehobener Ware vermittelte. Also kein Touristenschrott.

»Also gut«, sagte sie, »gehen wir dort hinein.«

Sie hatte schon gemerkt, wie Franz ihre Schritte dorthin gelenkt hatte.

Mit Kennerschaft machte Franz einen Rundblick, um gezielt Dinge auszuwählen, die er genauer betrachten wollte. Er sah zwei aufgefaltete Ständer für kleinere und größere Bilder. Der größere enthielt Poster, aber nicht nur großformatige Ansichten vom See, sondern auch Drucke von bekannten Künstlern. Der kleinere enthielt nahezu dasselbe, nur in einem kleineren Format.

»Was willst du mit diesen alten Gardasee-Bildern«, sagte Hanni als Franz ein Schwarz-Weiß-Foto hochhob.

Er steckte es in den Stapel zurück und blätterte weiter. Da stieß er auf ein Blatt mit einer Druckgrafik, die in einer Plastikhülle steckte. Franz fragte sich, wie dieses Blatt in den Stapel hineingeraten konnte. War es eine schlichte Kopie oder ein Versehen?

»Hast du noch ein altes Foto gefunden«, spöttelte Hanni. Franz sagte nichts, denn er war viel zu sehr mit der Grafik beschäftigt. Er zog das Blatt aus der Hülle und fühlte das Papier zwischen Daumen und Zeigefinger. Er strich mit dem Finger über die Drucklinien. Es schien eine echte Druckgrafik zu sein. Das Bild zeigte eine Madonna mit dem Kind. Franz las was unter der Darstellung gedruckt war: links: G. B. Cipriani, R. A., Del. und rechts: F. Bartolozzi, R. A., Sculpt.

Franz drehte das Bild und streckte es ihr zur Betrachtung hin.

Als Hanni sah, dass die Haare der Madonna nahezu identisch mit ihrer eigenen Frisur herabfielen, sah sie Franz nur fragend in die Augen.

»Ich bin ein wenig verunsichert, auch weil die Darstellung des Jesuskindes eine so große Warmherzigkeit ausstrahlt.«

Franz zerstörte ihren Traum.

»Wahrscheinlich zu teuer. Viel zu teuer.«

»Warum?«

»Du schaust auf das Bild. Ich schau, was darunter steht. Aber das ist nicht alles.«

»Da stehen zwei Namen, klingen italienisch, das andere verstehe ich nicht.«

152

»Die Abkürzungen „R. A." bedeuten, dass die beiden Künstler Mitglieder der königlichen Akademie in England waren. Die Abkürzung „Del." bedeutet delineavit, das ist lateinisch und heißt „hat es gezeichnet" und Sculpt. ist auch lateinisch und bedeutet sculpsit, „hat es gestochen".«

»Woher weißt du das alles? «

»Erfahrung mit alten Drucken. Aber glaube nicht, dass ich deswegen Latein kann.«

Franz steckte das Bild wieder in die Hülle zurück. Das Bild machte nun einen billigeren Eindruck, da die Hülle seine Qualität verbarg.

»Was soll das kosten?«, Franz ging mit dem Bild auf den Händler zu, der hinter einem Tisch saß und jetzt erst seine Sportzeitung weglegte. Er warf einen Blick auf das Bild und fragte, aus welchem Stapel es genommen worden war. Franz deutete auf den kleinen.

»160 000 Lire, Signore.«

Franz musste innerlich lachen. Es war mindestens das Zehnfache wert. Aber er durfte sich jetzt nichts anmerken lassen. Er durfte jetzt auch nicht freudig zuschlagen. Er musste der Form halber jetzt noch etwas herunterhandeln.

Franz bot 90 000 Lire.

»Nix gut«, sagte der Händler. »Will 140 000 Lire. Minimum.«

Franz tat so, als wolle er das Bild wieder in den Stapel zurückstecken. Der Händler reagierte.

»Buon, verkaufe für 120 000 Lire.«

»O.K. 120 000 Lire.«

»Franz, du gibst zu viel Geld aus auf unserer Hochzeitsreise.«

»Schau Hanni, ich habe einen Extra-Geldbeutel für diese Reise angelegt, damit wir mit den Ausgaben nicht durcheinander kommen. Daraus nehm' ich jetzt den Betrag. Lass mich nur machen.«

Franz beeilte sich die italienischen Geldscheine auf den Tisch zu blättern. Der Händler sollte die Augen nur noch auf das Geld richten, nicht mehr auf das Bild.

Wie Diebe verließen Franz und Hanni fast fluchtartig den Laden und sie werden gleich aus dem Gässchen verschwunden sein, ehe der Händler eventuell zum Nachdenken und zu Zweifel über das schnelle Geschäft kommen wird.

Aufgeregt konnten sie die Abfahrt des Schiffes nur mit großer Unruhe abwarten.

»Und du meinst, das Blatt Papier ist viel wert?«

»Ich denke, ich werde es gar nicht verkaufen. Das hängen wir selbst bei uns zu Hause auf. Dann bist du die Madonna.«

Hanni schwieg betreten und blickte verträumt auf den See hinaus.

Das Schiff legte nahezu pünktlich nach Fahrplan um 13:09 Uhr ab. Die Fahrt nach Riva dauerte eine Stunde und jetzt war es höchste Zeit für das Mittagessen. Hier in Riva hatten sie eine Stunde Aufenthalt, da war eine gewisse Eile angesagt und sie entfernten sich daher nicht allzu weit vom Hafen, um ein Restaurant zu suchen.

In der Via Andrea Maffei fanden sie das Ristorante Pizzeria Maffei. Das Lokal hatte ein umfangreiches Pizzaangebot, aber da Franz und Hanni schon am Vortag Pizza gegessen hatten, bestellten sie gegrillte Forelle und einen gemischten Salat. Franz war überrascht von der Vielzahl der angebotenen Biere, die man in Italien nicht erwartet hätte. Hanni trank lieber ein Glas Weißwein.

Gerade noch rechtzeitig waren sie zur Abfahrt des Schiffes noch an den Hafen gekommen. Das letzte Teilstück der Schifffahrt dauerte etwa vier Stunden. Da blieb ihnen nun viel Zeit sich mit Eisbecher und Kaffee ohne Eile die Fahrt zu genießen. Die Sonne stand schon über dem Horizont des westlichen Ufers, als das Schiff seine

Passagiere am frühen Abend entließ. Franz und Hanni hatten nicht weit zum Hotel, wo eine weitere Stunde später wieder ein Abendessen serviert wurde.

26

Der Abend war mild und so saßen Hanni und Franz noch bei einem weiteren Glas Rotwein auf der Hotelterrasse zusammen.

»Ich hab' mir überlegt, wie wir mehr aus dem Gasthaus machen könnten«, begann Franz das Gespräch mit einem sachlichen Thema.

»Wie denn?«

»Ich stelle mir einen Anbau vor, Erdgeschoß und ein Obergeschoß, je fünf Gästezimmer mit Dusche, Balkon bzw. Terrasse und anschließend, das muss ja nicht gleich sein, ein kleines Hallenbad, so zwölf auf sechs Meter, mit Umkleidebereich und Toiletten. Ich kenne schon einen Architekten und Bauunternehmer, der ein guter Kunde von mir war.«

»Und wie soll das ganze finanziert werden?«

»Ich gebe zuerst mein ganzes Geld, das ich für mein Geschäft bekommen habe, in den Anbau. Dann gibt es oberhalb des Gschwendnerhofes ein Waldstück, das ist ein Bannwald, da darf nicht gebaut werden. Den könnte man verkaufen.«

»Wer soll den Wald kaufen?«

»Vielleicht die Gemeinde.«

»Die bezahlt doch zu wenig.«

»Wenn wir den Wald an einen von auswärts verkaufen?«

»Franz, du bist ein Träumer. Bist du da jemand findest, der sich auf so etwas einlässt. Du musst einen Naturfreund finden, dem das Grundstück gefällt, denn bauen darf er darauf nicht.«

»Ich dachte auch schon an das Haus meiner Mutter.«

»Verkaufen? Das wäre mir aber nicht recht.«

»Sie könnte es ja meinem Bruder überschreiben, und der zahlt mir dann meinen Anteil aus.«

»Ich möchte nicht mit deiner Mutter und deinem Bruder wegen des Geldes über Kreuz kommen.«

»Na, lass mich nur machen, ich werde mit beiden reden.«

»Aber geh' bitte behutsam vor. Du weißt ja wie leicht man bei Gelddingen in Streitigkeiten kommen kann. Besonders bei Verwandten.«

Beide schwiegen für eine Weile.

»Ich denk' da schon weiter. Wir könnten dann, wenn die Pension gut läuft, das Geld wieder hereinholen«, sagte Franz, der das Gespräch wieder aufnahm.

»Du bist schon wieder beim Pläne schmieden.«

»Für den Betrieb müssten wir noch jemand einstellen, eine Köchin und ein Zimmermädchen und vielleicht auch eine Küchenhilfe«, dachte Franz laut weiter.

»Franz, das ist Zukunftsmusik, bis dahin ist es noch weit.«

»Ein Stück ist es schon, wir müssen es nur angehen.«

Nach einer kurzen Pause begann Hanni mit einem neuen Gedanken.

»Franz, ich war am letzten Montag in der Apotheke, um Medikamente für meine Mutter zu holen und da hab' ich mir einen Test gekauft.«

»Was willst du testen?«

»Ob ich schwanger bin oder nicht,« sagte Hanni deutlich.

»Und?«, Franz stutzte.

»Positiv!«

»Was heißt positiv?«

»Franz, ich bin schwanger und wir kriegen ein Kind.«

»Des haut mich aber jetzt um. Nicht, dass du denkst, ich hätte was dagegen, es kommt halt so plötzlich.«

»Eigentlich ist das gar nicht so plötzlich. Erinnerst du dich an den Himmelfahrtstag vor sechs Wochen?«

»Nein, was war da?«

»Franz, denk halt a bisserl nach!«

»Ach, diese warme Nacht. Ich hatte damals am Abend nur wenig getrunken und in dieser Nacht fast gar nicht geschlafen.«

»Schön, dass die Erinnerung doch noch kommt«, lachte Hanni.

»Und du bist dir sicher?«, bohrte Franz nach.

»Ja, da ist es passiert. Ich wollte es dir nicht vor der Hochzeit sagen. Du warst so nervös.«

»Jetzt bin ich erst richtig nervös. Aber irgendwie freu' ich mich schon!«

»Ehrlich?«

»Sonst würd' ich es ja nicht sagen.«

»Dass du dich freust, das macht mich erst richtig glücklich. Ich bin so froh, dass du es so freudig aufnimmst und alles so mutig angehst, auch das mit der Planung für den Gschwendnerhof.«

Hanni schwieg. Sie sah auf die dunkler werdende Wasserfläche des Sees hinaus, wo die Wellenkämme im schwächer werdenden Licht glitzerten. Sie malte sich ihre Zukunft mit einer Familie auf dem Gschwendnerhof mit einer Gaststätte und einem Pensionsbetrieb aus.

Franz dachte über sein sich änderndes Leben nach. Nicht mehr aufspüren und suchen müssen, nicht mehr kaufen und verkaufen. Sein Leben würde einen anderen Rhythmus bekommen, dessen war er sich sicher. Und er war überzeugt, dass es wohl die richtige Entscheidung gewesen war.

Ziemlich rasch versank die Sonne hinter dem Bergzug auf der westlichen Seeseite und färbte den Himmel orangerot. Beide blickten auf die Lichter, die weit in der Ferne durch die hereinbrechende Nacht langsam heller scheinend, am gegenüberliegenden Ufer aufleuchteten.